Stine Pilgaard

Meter pro Sekunde

Roman

Aus dem Dänischen
von Hinrich Schmidt-Henkel

kanon verlag

Die Originalausgabe erschien 2020 unter dem Titel
Meter I Sekundet im Gutkind Forlag, Kopenhagen.

Die deutschsprachige Erstausgabe erschien 2022 im
Kanon Verlag Berlin.

Die Übersetzung dieses Buches wurde von der
Danish Arts Foundation gefördert.

**Danish Arts
Foundation**

ISBN 978-3-98568-077-1

1. Auflage 2023
© Kanon Verlag Berlin GmbH, 2022
© Stine Pilgaard, 2020
Umschlaggestaltung: Anke Fesel / bobsairport
Unter Verwendung des Bildes »Skagen No. 12« von Susanne Mull
© VG Bild-Kunst, Bonn 2021 und einer Illustration von
iStock / Nickolai Shito
Herstellung: Daniel Klotz / Die Lettertypen
Satz: Marco Stölk
Druck und Bindung: Pustet, Regensburg
Printed in Germany

www.kanon-verlag.de

Stine Pilgaard
Meter pro Sekunde

Zum Gedenken an
Maja Trappaud Ahlgren Westmann

mit geschlossenen augen
es ist als könnte
keine strömung mich ertränken
keine trauer mich ersticken
nicht ganz –
es ist als käme
die liebe zu mir
über alle meere,
denn eine weiche saite schwingt allzeit
in mir –

Gustaf Munch-Petersen, das unterste land, 1933

Immer noch sind wir neu im Gelände, verwirrt gehen wir umher mit unserem Kinderwagen, zwei ruhelose Ritter der Landstraße. Wir blicken auf die Windräder, wie sie vor dem Himmel stehen, Besuchern aus der Zukunft gleich, futuristische Erinnerungen an andere Planeten. Wie fröhliches Unkraut sprießen sie um unser Haus herum, und wenn sie mal stillstehen, ist es, als hielte der Erdball eine kurze Sekunde lang den Atem an, sprachlos, weil der Wind ausbleibt. Wir gehen durch eine neue Welt, durch unser neues Leben, mit unserem neuen Kind, die Natur liegt flach vor uns, und der Sonnenuntergang über der Nordsee betrachtet uns mit seinem roten Auge. Die Rehe blicken gelassen in die Scheinwerfer des Autos, die überfahrenen Tiere strecken sich zwischen den Fahrstreifenmarkierungen der Landstraße aus. Die Landmänner grüßen mit einem Finger am Mützenschirm, ich begreife, so macht man das hier. Winkend, lächelnd, rollend bewege ich mich zwischen Mais und Kartoffeln hindurch, zwischen Roggen und Weizen, und tue so, als ob ich die Hunde der Leute mögen würde. Wie alt ist der denn, sage ich, was für eine Rasse, Labrador, ah ja, da weiß man, was man hat. Ich mag den Dialekt der Leute in Westjütland, das grammatikfreie Festhalten an der Tradition, den Fjord, der wie Glasscherben in der Sonne glitzert. Die Windradschwerlasttransporter balancieren über die Landstraßen, ein Flügel ragt in den Gegenverkehr, alle weichen in die Landschaft hinein aus, ducken sich, danken und reihen sich wieder ein. Wir in Velling wollen was, steht auf dem Ortsschild, aber was wir wollen, ist unklar. Die Wirklichkeit hüllt uns ein wie Nebel, und wir sind gerade erst angekommen.

Natur
plus
Gegenwart

Die Leiterin der Heimvolkshochschule klopft dreimal in rascher Folge und öffnet die Haustür dann selbst. So machen wir das hier draußen, sagt sie, ich sehe überrascht aus. Hat denn niemand in Velling Sex, frage ich, schaut Pornos oder onaniert, dreimal klopfen, so schnell kriegt doch kein Mensch die Hose wieder hoch. Die Leute finden Mittel und Wege, sagt die Schulleiterin und nimmt zwei Tassen aus dem Schrank. Sie hat ein Päckchen schwarzen Tee und ein kleines Sieb gekauft, denn für meinen Pickwick hat sie nichts übrig. Das ist Tee für Kaffeetrinker, sagt die Schulleiterin, ein Schritt vor Ostfriesen, wer will denn so was. Sie war gerade drüben in der Schule, um Blumen in die Zimmer der Schüler zu stellen, nicht mehr lange, und sie kommen in blauen Bussen aus dem ganzen Lande angefahren. Dann ist es aus mit dem Frieden, sage ich, und mein Mutterschaftsurlaub ist auch bald rum. Die Schulleiterin dreht die Tasse langsam zwischen ihren Händen, während mein Sohn sich unter ihrem roten Kleid versteckt wie unter einem Zelt. Er braucht einen Namen, die Schulleiterin deutet runter zwischen ihre Beine. Sie sagt, die Leute fangen schon an zu reden, sie hat Kontakt zur Gemeindeverwaltung und weiß, dass die uns schon drei Verwarnungen geschickt hat. Du klingst wie ein Mafiaboss, sage ich. Die Schulleiterin hebt unseren Sohn hoch, er greift nach der Plastikblüte auf ihrer Haarspange. Bist du ein kleiner Nicolai, fragt sie ihn. Mein Sohn sabbert gleichgültig vor sich hin. Ein Name ist eine große Verantwortung, sage ich. Jeden Tag werden Lehrer diese Reihenfolge von Buchstaben aufrufen, wenn sie ins Klassenbuch schauen. Seinen Namen wird unser Sohn jedes einzelne Mal nennen müssen, wenn er einen anderen Menschen kennenlernt. Auf dem Spielplatz, in der Diskothek, bei Bewerbungsgesprächen. Er wird Dokumente mit diesem Namen unterzeichnen, den wir aussuchen, der Name wird in der Ecke von seinen Zeichnungen stehen, die wir an den Kühlschrank hängen werden. Er wird in die hässliche Keramikschale geritzt sein, die wir zu Weihnachten kriegen, und seine Tage auf einem Grabstein beenden. Bis dahin wird er in Krankenberichten stehen, auf Examensarbeiten, Mietverträgen, Lohnabrechnungen, Weihnachtskarten, in der Verbrecherkartei oder in Wikipedia. Man ahnt gar nicht, wo so ein Name überall hinkommt, sage ich. Die Schulleiterin schlägt Frederik vor. Ich verwerfe das rasch, mein erstes Kriterium sei, dass der Name sich reimen können muss. Konfirmation, sage ich, runde Geburtstage, jetzt hat man noch die Chance, sich das Leben ein bisschen leichter zu machen. Severin, sagt die Schulleiterin, Clementine. Die Betonung liegt nicht auf derselben Silbe, sage ich, wir suchen nach zwei Silben und Vokalendung, da wäre schon viel gewonnen. Du musst aus deiner Blase raus, sagt die Schulleiterin. Das ganze Jahr, seit wir in Velling wohnen, habe ich nichts als gekotzt, geboren und gestillt, und mein Sohn grinst mich an, als ob er damit nichts zu tun hätte. Er braucht einen Namen, und du brauchst einen Job, sagt die Schulleiterin. Es geht um Integration, die Erfahrung zeigt, dass unsere Lehrer nur hier wohnen bleiben, wenn die Ehepartner sich einfügen. Wir sind nicht verheiratet, sage ich. Dann schau zu, dass sich das ändert, sagt die Schulleiterin und deutet auf meinen Sohn, als wäre der ein stummes Argument. Sie ist von der provinziellen Angst erfüllt, dass neue Familien wieder verduften, während die örtliche Gemeinschaft gerade aufblüht. In ihrer Freizeit sucht die Schulleiterin mögliche Partner für Leute, damit die nicht wegziehen. Sie ihrerseits war als Tanzlehrerin bei einem Sommerkurs der Schule engagiert gewesen und hätte eigentlich nur vier Wochen bleiben sollen. Das ist jetzt dreißig Jahre her, so ist es vielen ergangen, der Ort hat so eine Art Schwerkraft, die es unmöglich macht, ihn zu verlassen. Die Lehrer und ihre Angehörigen erschaffen die Erzählung der Schule, sagt die Schulleiterin. Sämtliche Angestellten wohnen mit ihren Familien in Dienstwohnungen um das rote Klinkergebäude herum, als ob das eine Kirche wäre, das natürliche Zentrum einer hysterischen religiösen Gemeinschaft. Die Schule, das seid ihr alle, sagt die Schulleiterin und deutet auf mich. Ihre Stimme steigt und fällt, malt Bilder und macht Reklame. An der Straße Richtung Højmark ist ein Hofladen, man braucht einfach nur die Einfahrt runterzufahren und das Geld auf den Tresen zu legen, hundert Prozent Öko. Die Stadt ist voll von Start-ups und Idealisten und so vielen Vegetariern, dass man die Schweine damit füttern könnte. Nicht nur Nerzfarmen und Innere Mission, die Bauern reden auch über was anderes als Äcker, die Fischer über was anderes als Fisch. Was kannst du denn so, fragt die Schulleiterin und nimmt ihre Brille ab. Ihre Augen sind leuchtend türkisfarben, die Hängelampe über dem Tisch pendelt in ihrer linken Iris hin und her. Ich bin eine Art Orakel, sage ich, das weiß nur kaum wer. Orakel, murmelt die Schulleiterin und schaut drein wie eine, die gerade hochkomplizierte außenpolitische Probleme löst. Ich habe den starken Eindruck, dass die Stadt, vielleicht sogar das ganze Land nur durch sie funktioniert. Freundlich zieht sie ein paar Fäden, wo nötig, auch etwas unsanfter, verschiebt mit einem Wink ein paar Dünen, gleich haben alle freien Blick aufs Meer. Wir brauchen junge Kräfte, sagt die Schulleiterin und verpasst mir einen Job, den es nicht gibt und um den ich mich nicht beworben habe, während sie mich eindringlich mustert und flüsternd ein paar rasche Telefonate erledigt. Das war die Tageszeitung, sagt die Schulleiterin, da könnten sie tatsächlich wen für den Kummerkasten gebrauchen, für alle Altersgruppen. Ich hebe meinen Sohn ins Laufställchen. Viele Ehen werden auch in Verbindung mit einer Taufe geschlossen, sagt die Schulleiterin, zwei Fliegen mit einer Klappe. Er wird nicht getauft, sage ich. Die Schulleiterin nickt ein wenig, wie für sich selbst, und sagt, da reden wir noch drüber. Sie tut Tee und Sieb in die oberste Schublade, fürs nächste Mal. Danke, sage ich und kullere meinem Sohn einen gelben Ball zu. Wir in Velling wollen was, sagt die Schulleiterin. Ja, wir wollen was, sage ich.

Lieber Kummerkasten,

ich schreibe dir, weil ich ein Problem mit der Zeit habe, das sagen jedenfalls mehrere Menschen in meiner Umgebung. Ich kann wirklich nicht gut in der Gegenwart leben und bin meiner Zeit in Gedanken oft Wochen voraus. In meinem Job bin ich ständiges Organisieren gewöhnt, ich arbeite als Koordinatorin in einem größeren Unternehmen. Auch zu Hause muss viel organisiert werden, wir haben drei Kinder, Schulbesuch, Freizeitaktivitäten und alles, was so dazugehört. Mein Mann ist ziemlich zerstreut, es kommt öfter vor, dass er Termine doppelt oder dreifach verplant. Das hat dazu geführt, dass seine Familie und unsere Freunde sich an mich wenden, sobald etwas organisiert werden muss. Das muss ich mal mit der Planungshexe besprechen, sagt mein Mann, und das meint er sicher liebevoll, trotzdem erlebe ich es als Kritik. Ich versuche, mithilfe von Meditation und Delfinmusik im Hier und Jetzt zu leben, aber ich muss zugeben, es fällt mir schwer. Bin ich ein Kontrollfreak, und was soll ich tun?

Mit den besten Grüßen, eine Planungshexe

Liebe Planungshexe,

es soll hier nicht um mich gehen, aber ich muss ehrlich zugeben, ich gehöre eher zu denen, die Probleme damit haben, Sachen auf die Reihe zu kriegen. Das liegt nicht an einer eher spontanen Lebenseinstellung, sondern ist eine Mischung aus Faulheit und Wankelmut. Ich persönlich finde, die Gegenwart wird überbewertet. Lebe jeden Tag, als wäre es der letzte, heißt es, aber das ist Unsinn. Hört um Gottes willen damit auf. Die Straßen wären menschenleer, kein Mensch würde mehr Verantwortung für irgendwas übernehmen. Die Leute würden den ganzen Tag mit ihren Liebsten im Bett bleiben und Zigaretten rauchen, ihre Eltern anrufen und denen alles verzeihen. Ich habe die Gegenwart so satt, immer ist man mittendrin, jetzt ist jetzt und jetzt noch mal und verdammt, jetzt schon wieder. Es ist kein Verbrechen, an morgen zu denken. Wenn man seine Familie oder eine Gruppe von Freunden zusammenbekommen will, muss einem klar sein, das passiert nicht von selbst. Es ist ja nicht so, dass man ein Café betritt, und auf einmal sitzen sie alle da und plaudern über früher. Ich habe einen Freund, Mathias. Er liebt es zu organisieren, es macht ihn ganz euphorisch. Mathias ist die wandelnde Initiative und bewegt sich zielstrebig durch das Leben. Er fuchtelt mit den Händen und schreibt lange Mails über Kleinkram. Wenn keine Antwort kommt, schickt er mit lustigen Smileys verzierte Erinnerungsmails, angehängt der Wetterbericht und Vorschläge für vernünftige Kleidung. Ich weiß nicht, warum wir Mathias immer damit aufziehen, wahrscheinlich weil es so leichtfällt. Wie viele andere sind mein Freund und ich bequeme Menschen, alle beide. Wir begeben uns in Situationen, als ob die Welt eigens für uns erfunden worden wäre. In jedem Freundeskreis gibt es bequeme Leute. Du kannst uns daran erkennen, dass wir bei

Mitbringpartys immer mit Chips oder Schnaps auftauchen. Wir sind sehr sensibel und antworten im letzten Moment. Für unser Empfinden wird das Leben zum Gefängnis, wenn wir zu viele Verabredungen eingehen. Wir sehen die Zeit als etwas Abstraktes, mit einem eigenen Willen Begabtes an. Uns fällt es schwer, etwas zu verstehen, das eigentlich sonnenklar ist. Ohne Datum kein Weihnachtsessen. Da muss geschmückt werden, ein Fortbewegungsmittel muss organisiert werden. Wir kommen mit einem schiefen Lächeln an, und wegen unseres schlechten Gewissens benehmen wir uns schlecht. Mensch, entspann dich doch mal, sagen wir zu Mathias, oder Hakuna Matata. Aber aufgepasst. Nicht ohne Grund stammt dieses Motto von zwei Zeichentrickfiguren. Unsere Welt ist aber nicht von Walt Disney erschaffen, die Sterne versammeln sich nicht zu einem Löwenhaupt, um uns zu erzählen, wer wir sind, sondern das tut ihr. Liebe Planungshexe, lieber Mathias. Entschuldigt bitte. Wer ein großes Herz hat, wird immer aufgezogen. Bleibt unbeirrbar, blockt meinen Kalender, verplant meine Zeit. Eure Pläne und Träume sind der Maibaum, um den wir anderen herumtanzen. Danach gehen wir nach Hause, wir haben es ja so eilig. Und beim Aufräumen denkt ihr darüber nach, dass es doch Spaß machen würde, im nächsten Sommer Kanus zu mieten und eine Fahrt auf der Gudenå zu machen. Von Herzen Dank.

Herzlichen Gruß, der Kummerkasten

Ich habe für die Fahrstunden ein Theoriebuch bestellt und gehe zum Kaufmann, das Päckchen abholen. Ich weiß doch, wer du bist, sagt er, als ich ihm meinen Ausweis hinhalte. Tatsächlich, sage ich. Er nickt. Ich weiß, wo du wohnst, sagt er, unten neben der Schule in dem kleinen roten Haus. Noch ein Treffer, sage ich. Er stellt sich in die Tür, und ich bin ganz überwältigt von der Auswahl an Süßigkeiten zum Selberabfüllen. Draußen fahren Autos vorbei, der Kaufmann hebt die Hand an die Schläfe. Er trifft sie haargenau nicht, aber diese Bewegung, Hand an die Beinaheschläfe, denke ich, führt er wahrscheinlich gegen hundertmal täglich aus. Kannst du überhaupt sehen, wer drinsitzt, sage ich. Es schadet ja nichts, wen zu grüßen, den man nicht kennt, sagt der Kaufmann, als würde er etwas zugeben. Er fragt, ob wir uns gut eingelebt haben. Ich wäre gern gut Freund mit dem Kaufmann und stelle mir vor, wie er uns abends besucht, wir könnten Musik hören und Wein trinken, lustige Bemerkungen machen und zusammen darüber lachen. Man geht zurück auf Los, sage ich, man muss sich in der neuen Umgebung neu erfinden. Ich rede über die Entwurzelungsgefühle neu Zugezogener, und der Kaufmann räumt ein paar Waren ein. Wenn ich mit Leuten rede, klinge ich, als würde ich in den Krieg ziehen. Ich bin ganz aufgeregt, stehe allein in der Suppe von Geräuschen, präsentiere mich den anderen wie ein griffbereit in Scheiben geschnittener Braten auf einer Platte oder wie ein schmelzendes Eis zum Nachtisch, mit fancy Sonnenschirmchen. Der Kaufmann schaut aus dem Fenster, ganz offensichtlich hofft er auf Verstärkung. Ein mittelaltes Ehepaar betritt den Laden. Sie wohnen in Hee, kaufen aber immer hier ein, denn ihre Kinder besuchen die Freie Schule in Velling. Das Gespräch tastet sich langsam durch eine ziemlich kleine Landschaft und hält begeistert an den ungefährlichsten Orten inne. Ein gewaltiger Regenschauer, die Herbst-

ferien, die schon wieder um die Ecke sind, Aussagen, hinter denen
ein Fragezeichen undenkbar ist. Gefühlt zehn Minuten lang stehen sie vor dem Tresen und geben einander in allem Recht. Das
Ehepaar hat gerade seine Garage aufgeräumt. Mein Gott, was
man alles ansammelt, aber gemacht muss es ja werden. Ja, nicht
wahr, unbedingt, sagt der Kaufmann, und es erfüllt mich mit
einer Mischung von Faszination und Ekel, wie er es schafft, ihnen
in einem einzigen Satz dreimal zuzustimmen. Es wirkt, als würden die anderen dichter zusammenrücken, während ich selbst
immer weiter weggeschoben werde, über einen Rand hinaus, auf
einen Abgrund aus Einsamkeit zu. Als das Ehepaar gegangen ist,
drei Froschkuchen aus der Vitrine im Gepäck, lege ich eine ge-
streifte Papiertüte auf den Tresen. Höflichkeit macht mich ganz
paranoid, man ahnt ja nicht, was auf der anderen Seite eines solchen Berges liegt, sage ich und suche in der Tasche nach meinem
Portemonnaie. Hundertachtundachtzig fünfzig, sagt der Kaufmann, vielleicht denkst du zu viel über die Dinge nach. Ganz
sicher, sage ich und verlasse den Laden, während der lachende
Phantomkaufmann mit Rotweinglas in meiner Küche sich in
kleine, flirrende Pünktchen auflöst.

Zu Hause im Wohnzimmer jammere ich über meine Probleme in Gesprächssituationen. Ich werde noch enden wie eine von diesen einsamen Frauen mit fünfzig Katzen, nur ohne Katzen, schluchze ich. Mein Freund meint, ich soll den Kaufmann als Genre begreifen und nicht als Zurückweisung. Du denkst in Prosa, sagt er, die Leute hier fassen sich aber kurz. Haiku, sagt mein Liebster, der alles mit Literatur vergleicht, siebzehn Silben, Natur plus Gegenwart. Er verwendet seinen Intellekt immer als Schutzschirm vor meinen großen Gefühlen, und mit ein bisschen Glück kriege ich einen Vortrag umsonst dazu. Dir kommt das sehr kompliziert vor, sagt mein Freund, der selbst aus einer kleineren Provinzstadt stammt, aber die Gespräche im öffentlichen Raum machen die erzwungene dörfliche Gemeinschaft erträglich. Der Kaufmann hat selbst gefragt, ob wir uns gut eingelebt haben, sage ich. Mein Freund wedelt kopfschüttelnd mit dem Zeigefinger. Falsch, sagt er, der Kaufmann hat anerkannt, dass du dich in seinem Laden befindest, dass ihr am selben Ort lebt. Wenn mein Freund mich besonders begriffsstutzig findet, greift er zu den blühendsten, unwahrscheinlichsten Bildern. Zwei Löwen desselben Rudels begegnen sich in der Savanne über einem fast toten Zebra, sagt er langsam. Sie nehmen ein paar Bissen, das linke Hinterbein zappelt noch ein wenig. Danach gehen sie beide ihres Weges, wissen aber, dass sie einander in ein paar Tagen möglicherweise am selben Kadaver wieder begegnen werden. Es ist wie eine Formel, sagt mein Liebster, ein kurzes Ritual. Wie geht es, jo, geht gut. Lieber Himmel, so ein Wind, ja, also wirklich. Und wieder Montag, ja, das bleibt nicht aus. Langsam spreche ich es ihm nach wie eine Zauberformel, an die ich nicht so recht glaube. Mein Freund rät mir, meinen Hang zu Vertraulichkeiten zu zähmen oder ihn wenigstens etwas besser zu erklären. Denk mal an Anders Agger, der kann mit allen Leuten reden, sagt mein Liebster und sucht sofort im Netz nach ein paar von Aggers Reportagefilmen. Wir gehen in die Küche und machen Popcorn. Und sonst so, sagt er, als er es in eine große Schüssel füllt, nichts Besonderes, murmele ich, wir machen es uns auf dem Sofa gemütlich und üben. Wie geht's, fragt mein Freund. Danke, gut, antworte ich. Hattest du ein gutes Wochenende, fragt er. Ich sage, tut gut, nach einer hektischen Woche etwas runterzuschalten. Mein Liebster nickt anerkennend. Kein Mensch will wissen, wie es dir geht, sagt er, vergiss das nicht.

Lieber Kummerkasten,

mein Mann und ich begehen nächstes Jahr unsere kupferne Hochzeit, und wir haben vier schöne Hunde. Wir wohnen in einer hübschen Gegend etwas außerhalb von Vedersø, haben beide feste Arbeit und keinen Grund zum Klagen. Mein Mann beschäftigt sich immer intensiv damit, wie wir unser Leben optimieren könnten. Wenn ich nach einem langen Tag ins Bett gehe, schaut er mich manchmal an und fragt: Bist du eigentlich glücklich? Gleich bin ich noch erschöpfter. Mein Mann fürchtet, wir könnten als Paar stagnieren und aufhören, einander herauszufordern. Ich habe keine Angst davor, aber ich bin es mit der Zeit ein wenig müde. Vielleicht bin ich zu wenig anspruchsvoll, aber ich bin dankbar für unser Leben. Hättest du einen Vorschlag, wie mein Mann etwas zur Ruhe finden könnte?

Mit freundlichen Grüßen, David

Lieber David,

ich verstehe, dass du es müde bist, aber es ist wichtig, dass du begreifst, welche Mechanismen deinen Mann antreiben. Nicht alle haben ein Talent zum Wohlfühlen. Meine Schwiegerfamilie gehört zu einem Clan von Kaufleuten von der Insel Fünen, sie sind unglaublich auf Kolonialwaren fixiert. Sie vergleichen die verschiedenen Filialgrößen der Supermarktkette Brugsen miteinander: LokalBrugsen ist das schwarze Schaf und von Abwicklung bedroht, die mittelgroßen Filialen werden schon eher akzeptiert, aber SuperBrugsen geht aus allen Vergleichen siegreich hervor. Da arbeiten sie alle miteinander, die Großmutter mütterlicherseits meines Freundes hat sogar eine Keramikserie mit den Initialen von SuperBrugsen auf dem Kaffeeservice entworfen. Die ganze Familie hebt ihre Tassen mit SB darauf und prostet sich mit Kaffee zu. Ich liebe meine Schwiegerfamilie, aber ich fühle mich nur wohl, wenn ich mich mit kranken Menschen in Disharmonie befinde. In der Welt des Missverständnisses kenne ich mich aus, ich registriere Konflikte, wie andere Menschen ein- und ausatmen. Ganz automatisch analysiere ich einen Tonfall, bemerke die Schärfe am Rand einer Stimme. Ein gekränktes Gefühl, einen beleidigten Zug im Mundwinkel, angespannte Kiefer, hochgezogene Augenbrauen. Ich kann vermitteln wie niemand sonst und Zwistigkeiten mit subtilen Methoden beilegen, eigentlich müsste ich einen Beruf daraus machen. Mein großer Kummer besteht darin, dass normale Familien keine Verwendung für meine Dienste haben. Ich lächele und suche nach Gefahrensignalen, bin stets auf dem Sprung, bereit, sie vor etwas zu bewahren, das nie eintreten wird. Scheidungen sind böhmische Dörfer, die Gutmütigkeit geht ihren Gang in ordentlich aufgebauten Sitzgruppen. Weihnachten reisen wir heim zum Hofe unserer Herkunft, die Schwiegertöchter stechen Kerngehäuse aus und bereiten Bauchfleisch mit Äpfeln zu. Wir arrangieren Käseplatten mit roter und gelber Paprika und falten mit fröhlichen Weihnachtsmännern bedruckte Servietten. Ich reiße mich zusammen und füge mich ein, so gut es geht. Du schaffst das, flüstere ich mir selber zu, du bist unerschütterlich und weiß wie eine Statue, du bist ein goldgerahmtes Gemälde im Speisezimmer deiner Großmutter, du bist Hirsch und Waldsee, bist auf den Wellen schaukelnde Enten. Du bist Ikea, panisches Zoom auf Blütenblätter, Tautropfen im Sonnenschein, millionenfach reproduziert. Du bist so neutral, dass du in sämtlichen Hotelzimmern der Welt hängst, du bist das letzte, was die Leute sehen, wenn sie sich in die Badewanne sinken lassen und sich die Pulsadern aufschneiden, du passt in jedes Heim. Lieber David. Das ist mein kleiner Merkspruch, vielleicht kann er deinem Mann helfen. Sei barmherzig. Nicht allen Menschen fällt Harmonie von Natur aus leicht.

Herzlichen Gruß, der Kummerkasten

Mein Liebster und ich stehen vor einem Einfamilienhaus in Velling. Wir stellen unsere Räder im Carport unter, gleich haben wir ein Gespräch mit der künftigen Tagesmutter unseres Sohnes. In kleinen Laternen brennen Stearinkerzen, an der Tür hängt ein Kranz mit roten Beeren. Wir haben uns beide gut angezogen und reichen einer mittelalten Frau die Hand, dazu lächeln wir. Sie deutet auf eine Holzbank in der Küche, wir setzen uns. Wir haben das zu Hause nicht besprochen, aber ich glaube, uns ist nicht ganz klar, wer sich hier bewirbt, wir oder sie. Die Frau sagt, sie heiße Maj-Britt und sei seit zweiunddreißig Jahren Tagesmutter. Alte Garde, sagt ihr Mann, der kurz den Kopf zur Tür reinstreckt. Ja, danke, Bent, sagt sie und gießt Kaffee ein. Maj-Britt, sage ich, das ist der dänische Vorname mit den meisten verschiedenen Schreibweisen. Ich verspüre aufbrausende Begeisterung. Bindestrich und Doppel-t, sagt sie und holt einen Wochenplan hervor, der in den Ecken mit kleinen Marienkäferchen verziert ist. Sie erzählt, sie betreibe eine grüne Kita mit besonderem Schwerpunkt auf der Natur. Das Coole ist, dass der Name eigentlich kurz ist, sage ich, und trotzdem gibt es so viele Möglichkeiten, sowohl für die erste als auch für die zweite Silbe. Ai, j und y, einfaches t oder doppeltes, mit und ohne h, unendliche Variationen. Unendlich nicht, sagt mein Liebster und stellt auf seinem Telefon Berechnungen an. Wir verschieben munter die Buchstaben, ich notiere auf einer Serviette. Siebenundzwanzig, sagt mein Liebster. Er meint, der zweite Teil des Namens stamme von dem keltischen *Maj-Britt*, was die Leuchtende oder die Erhabene bedeute. Ihr könnt es buchstabieren, wie ihr wollt, ich weiß ja, wen ihr meint, sagt Maj-Britt. Sie fragt, ob wir uns hier in Westjütland gut eingelebt hätten. Mein Freund schaut mich mahnend an. Keine Klagen, sage ich. Draußen im Vorgarten hält ein großes Wohnmobil. Bent schenkt Kaffee nach und sagt, das sind Dauercamper in Tarm, einmal im Jahr stecken sie alle Kinder in den Wagen und nehmen sie mit. Maj-Britt zeigt ein paar Fotos von einem typischen Kita-Tag und erkundigt sich, ob wir Fragen haben. Ich erforsche mein Hirn und erkenne, dass wir bezüglich des Ortes, an dem unser Sohn die nächsten Jahre verbringen wird, deutliche Meinungen haben sollten. Ach, es geht ja so schnell, sagt Maj-Britt, kaum hat man bis drei gezählt, schon kommen sie in den Kindergarten. Ich sage, wirklich Wahnsinn, wie schnell die wachsen, wenn man dran denkt, dass es nur zehn bis fünfzehn Minuten gedauert hat, sie zustande zu bringen. Vielleicht eine halbe Stunde, grinse ich, wenn's hochkommt. Mein Freund räuspert sich, und ich sage in einem ernsten Tonfall, dass wir ein wenig mit gerötetem Popo zu kämpfen haben. Das kriegen wir schon hin, sagt Maj-Britt, als ob wir gerade Alliierte in einem Krieg geworden wären. Sie sagt etwas von einer besonderen Zinksalbe, die sie sich aus Schweden kommen lässt, und mich erfüllt für einen Moment das Gefühl von Erfolg. Was macht ihr beiden denn so, fragt Bent. Mein Liebster berichtet von seinem Unterricht in der Schule, und ich sage, ich bin in der Orakelindustrie tätig. Ach was, sagt Maj-Britt. Sie hat einen Kummerkasten, sagt mein Liebster. Praktisch, da weiß man immer, wo man einen Rat kriegt, sagt Bent, und ich verspreche ihm, stets zur Stelle zu sein. Maj-Britt und mein Freund reden über das Wetter. Ich habe mich zu Hause gründlich vorbereitet und verbreite mich über Temperaturen, Wolkenschichten, Federwolken und Schleierwolken. Es klingt nicht ganz so authentisch wie gehofft, aber Maj-Britt wirkt zufrieden. Ja, das war's dann mit dem Sommer, sagt Bent, und ich habe das Gefühl, dass wir für gut befunden wurden. Draußen bei unseren Fahrrädern schauen wir einander an. Was meinst du, wie ist es gelaufen, fragt mein Freund, und ich zucke mit den Schultern. Für uns ist es mittlerweile vollkommen selbstverständlich, so zu reden, als stünden wir vor einer Prüfungskommission, wenn wir als Eltern auftreten sollen. Super Idee, das mit dem Popo, sagt er.

Die versammelte Lehrerschaft der Schule wartet oben auf dem Parkplatz, um die herbstliche Schülerschar zu empfangen, ich stehe am Fenster und habe alles im Blick. Die Schüler kommen mit dem Bus oder mit ihren Eltern. Die einen wirken total selbstbewusst, die anderen verlegen, sie fragen einander, wo sie herkommen und für welche Fächer sie sich angemeldet haben. Ich setze mich an einen Tisch in der Raucherecke beim Schuleingang und komme mir vor wie im Theater. Manche Schüler haben beschlossen, wer sie sein wollen, ich bilde mir ein, ich könnte diejenigen erkennen, die dabei am stärksten von ihrer eigentlichen Persönlichkeit abweichen. Ihre Körpersprache hat etwas Überdeutliches an sich, das amüsiert mich. Kein Mensch ist entspannt, am ehesten gefallen mir die, die nicht versuchen, das zu verhehlen. Ein junger Mann mit üppigen Locken trommelt ein wenig mit den Fingern auf dem Tisch. Musiker, was, frage ich, er nickt und reicht mir die Hand. Malte, sagt er ernst. Ich sage, ich bin in der Orakelindustrie tätig, und er kann mich bei Bedarf stets ansprechen. Er nimmt die Zigarette an, die ich ihm hinhalte. Die Musikschüler leben sich schnell ein, sage ich, sie tun sich zusammen und gründen Bands mit Namen wie Spielaufspieler oder Die Notennerds. Ein paar Wochen lang sagen sie diese Namen ironisch, aber mit Fortschreiten des Halbjahrs klingt es genauso, als würde man Rolling Stones oder Beatles sagen. Ein schwarzhaariges Mädchen mit knallrotem Lippenstift starrt auf den Aschenbecher, als hätte er ihr persönlich eine schwerwiegende Grenzüberschreitung angetan. Die Schreibschüler rauchen immer, sie stehen fröstelnd in der Kälte, einen gehetzten Ausdruck im Gesicht. Als Lehrer mit Schwerpunkt Literatur kriegt mein Freund viele von den sogenannten schwierigen Schülern ab, die wie alle Schreibenden das Bedürfnis verspüren, sich zu erklären, und diffus erwarten, das Schreiben würde sie retten.

Scheidungskinder mit hohem Notendurchschnitt, deprimiert oder bipolar, unter ihnen auch immer ein paar zukünftige Journalisten mit stark ausgeprägtem Gerechtigkeitssinn. In ein paar Wochen werden sie sich bei uns die Klinke in die Hand geben, mit der vagen Empfindung, mein Freund hätte die Antwort auf etwas, das sie gern verstehen würden. Sie trinken schwarzen Kaffee und rauchen in seinem Arbeitszimmer, vor allem seine Zigaretten. Würdest du gern über etwas reden, wird mein Freund fragen, und ich werde zu den Tönen eines ratlosen Jugendlichen in Tiefschlaf verfallen, der selbst nicht weiß, ob er einen Vater oder einen großen Bruder sucht, einen Geliebten oder einen Freund. Die Schulleiterin kommt in einem langen lila Kleid angesegelt, das Haar zu einer vielsagenden Frisur aufgesetzt. Ihr Gang hat etwas Wirbelndes an sich, das rauschende Kleid erinnert an Flügel, man könnte durchaus sagen, sie flöge. Wie eine Schafsherde dirigiert sie die Schüler zum Vortragssaal hinüber, wo sie in Volkstanz unterrichtet werden sollen. Peinlich berührt trampeln sie nach den Anweisungen der Schulleiterin auf den Boden. Die meisten sind gerade mit dem Gymnasium fertig und hoffen, hier in der Heimvolkshochschule den gesuchten Lebenssinn zu finden. Das haben sie auf dem Herweg beschlossen, das steht bereits auf der Postkarte nach Hause, das ist für sie so sicher wie der tagtägliche Sonnenaufgang. Diese Schule ist ein Konzentrat, ein Suppenwürfel der Träume von einer Gemeinschaft, die herbeigesungen, -getanzt und -erzählt werden kann. Sie bezahlen für das Angebot der Schule, sie wissen, dass die Menschen um sie herum haargenau dasselbe wollen, und darum hat ihr kleines Universum etwas Albernes, Widerstandsloses an sich. Sie wünschen sich Freunde, also spielen sie Freunde, bis sie tatsächlich welche geworden sind, sie hängen im Handumdrehen unglaublich aneinander, nach ein paar Wochen sagen sie typischdu und wirmachenimmer. Es gibt immer eine Handvoll etwas ältere Schüler, die das Ganze entlarven wollen. Entweder haben sie zu viel gelesen, oder sie pausieren mit einem geisteswissenschaftlichen Studium, das sie mit einem schmerzerfüllten, aber triumphierenden Widerwillen von außen auf die Gemeinschaft blicken lässt. Manche von ihnen fassen diese Konstellation kühlen Sinnes in Worte, sie wohnen immer in Einzelzimmern und melden sich nie für den großen Chor an. Obwohl ich selbst stark an diese Einzelzimmerschüler erinnere, mag ich die anderen lieber. Ich beneide sie um ihren fröhlichen Kontrollverlust und die Art und Weise, wie sie sich gehen lassen können. Aus ihnen werden irgendwann fantastische Eltern und Bürger, in Liebesverhältnissen werden sie mit offenen Augen und ruhigen Sinnes ihr Vertrauen in den Menschen setzen, mit dem sie nun einmal beschlossen haben, ihr Leben zu teilen.

Lieber Kummerkasten,

ich bin eine Frau von siebenundsechzig Jahren, und ich finde das Älterwerden merkwürdig. Ich persönlich glaube nicht, dass meine Gedanken und Meinungen sich geändert haben, aber ich spüre, dass die Gesellschaft und meine Angehörigen mich anders behandeln. Seit ich pensioniert bin, ist es schwieriger, bei sozialen Anlässen mit den Leuten zu reden. Ich habe vier liebe Enkel, aber ich kann ja nicht die ganze Zeit nur über die reden, sonst bestätige ich nur wieder das Vorurteil, ich befände mich im Großmutteralter. Ich wundere mich, dass viele Männer gern meine Oberarme berühren oder festhalten wollen. Was glaubst du, woran liegt das?

Herzlichen Gruß, eine jugendliche Ältere

Liebe jugendliche Ältere,

als zum ersten Mal ein Mann zu mir sagte, ich hätte mich ja gut gehalten, war ich sechsundzwanzig. Wenn ich mein Alter heute zufällig erwähne, versichert man mir in aller Regel, man sehe es mir gar nicht an, was übrigens eine Lüge ist. Ich habe immer älter ausgesehen, deutlich. Als Kind war ich darauf stolz, als Teenager war es praktisch, jetzt ist es mir egal. Allerdings provoziert es mich grenzenlos, wenn mir der Wunsch unterstellt wird, jünger auszusehen. Ich bin doch nicht etwas Essbares mit einem Mindesthaltbarkeitsdatum, das jederzeit ablaufen kann. Das Frausein ist schon seltsam. In der Pubertät wird uns eine Macht verliehen, die wir kaum begreifen, wenn wir unsere knospenden Brüste betrachten. Etwas verwirrt tapsen wir ihnen hinterher durch die Welt, hauen Leuten auf die Finger, die sie anfassen wollen, irgendwann werden wir dessen müde und denken: Ach Gott, was soll's. Für eine Reihe von Jahren sind wir das Ziel des gesellschaftlichen Begehrens. Wir sind unbeschriebene Blätter, das Gegenteil des Todes. Wie alle anderen verwechseln wir Jugend mit Ewigkeit, bis wir irgendwann verblüfft feststellen, dass sie nur eine Leihgabe war. Am Ende gibt es niemanden mehr, dem wir auf die Finger hauen könnten, höchstens ein paar hungrige Kinder, und der Blick der Gesellschaft auf uns ist jetzt bestenfalls sentimental. Von den Brüsten wandert er zum Bauch und kriecht in den Kinderwagen, um dann lächelnd für den Beitrag zum Erhalt der menschlichen Gattung zu danken. Für eine kurze Zeitspanne werden wir behutsam behandelt, als Stellvertreterinnen von Mutter Erde. Liebe jugendliche Ältere. Männer wissen am besten, wie sie sich zum weiblichen Körper verhalten sollen, wenn etwas in ihn reingesteckt werden oder aus ihm rauskommen soll.

Ansonsten wird es kritisch. Ratlosigkeit allenthalben. In reiner, ungetrübter Verwirrung und voller Mangel an Fantasie klammern sie sich jetzt an deine Oberarme. Herrgott noch mal!

Herzlichen Gruß, der Kummerkasten

In Ringkøbing treffe ich mich mit Krisser, wir schieben beide unsere Kinderwagen durch die Fußgängerzone. Dem Gepäck nach zu urteilen, befinden wir uns auf einer Reise um die Welt. Nach nicht mal einem Jahr als Mutter besteht unser Vokabular größtenteils aus Substantiven für all das, was wir so mit uns herumschleppen. Zinksalbe, Wickeltasche, Babytrage, Sabberlätzchen, Babyalarm. Ich denke über den Sieg dieser zusammengesetzten Substantive nach, über ihre trostlose Eroberung der Sprache. Eine Invasion von Windeleimern, Feuchttüchern, Babywippen, Laufställchen und Nuckelfläschchen erobert unsere Wohnungen. Wörter, die ich zuvor noch nie in den Mund genommen hatte und die dort auch nicht hingehören. Ich muss an viel zu junge Mädchen beim ersten verwirrten Versuch eines Blowjobs denken, einer für alle Beteiligten unerfreulichen Prozedur. Krisser hält mir einen dampfenden Pappbecher hin. Sie schüttelt ungehalten den Kopf, ihr Gesicht drückt Widerwillen und Bedauern aus. Ist schon wieder alles so schlimm, frage ich, sie nickt. Krisser wandelt durch eine Welt, von der sie sich unablässig enttäuscht sieht, insgeheim liebe ich ihr unzufriedenes Gesicht. Die Augen werden zu zwei unheimlichen Spalten, ihr Kirschmund bewegt sich hilflos in der Luft. Sie sieht aus, als hätte man ihr eben Kot oder Erbrochenes vorgesetzt, den Ausfluss einer entzündeten Wunde oder gelbgrünen Herbstschnodder, nicht einen leider nur lauwarmen Caffè Latte. Ihre Tochter schaut betrübt unter ihrer grünen Kapuze hervor, ich streichele ihr die Wange. Krisser holt tief Luft, als wollte sie der Welt noch eine Chance geben, würde sich selbst aber zugleich für diese Dummheit verachten. Langsam normalisiert sich ihr Gesicht, und sie sieht wieder aus wie die hübsche Porzellanpuppe, die ich als Kind hatte. Krisser hat uns im Loop angemeldet, einem Sportstudio, das Zirkeltraining anbietet. Eigentlich hat sie es nicht so mit Sport und Gesundheit, aber sie findet, wir müssen wieder ins Gleis kommen. Als wir uns zum ersten Mal in der Geburtsvorbereitungsgruppe begegnet sind, starrten Krisser und ich uns an, als wären wir auf offener See ins Wasser geworfen worden, und stellten jetzt fest, dass da rund um uns herum noch andere nach Luft schnappend herumstrampelten. Wir aßen bergeweise Kleingebäck, das wie Munition vor uns angehäuft lag, wir brauchten nur zuzugreifen. Plunderteilchen, Berliner, Amerikaner, kalter Hund, Zimtschnecken, Liebesknochen, Rumkugeln. Wir unterhielten uns über Unterleibsdinge, verglichen unsere Schwangerschaftsstreifen, holten unsere Brüste raus und sagten, 'tschuldigung, ich tropfe. Mein Liebster war in der Volkshochschule, Karsten im Hotel, die Kinder schlugen die Augen auf und blickten uns erwartungsvoll an. Google konnte auch nicht weiterhelfen und ließ uns mit einer Welt aus Körper allein. Unsere langen Gespräche ließen sich auf eine einfache, brennende Frage reduzieren: Ist das normal. Normal war das neue Schwarz, normal hieß, kannste abhaken, normal war eine Liane, an der man sich über einen Fluss mit verborgenen Krokodilen durch den Dschungel schwingen konnte. Wir wünschten uns durchschnittlich viel weinende Kinder, nicht zu viel, aber auch nicht zu wenig, und versuchten, die genaue Balance zwischen Kolik und taubstumm zu erwischen. Zwar wuchsen die Kinder unablässig, doch konnten wir uns nicht ernsthaft vorstellen, dass sie größer wurden, dass die Stillnächte irgendwann ein Ende haben würden. Dass sie sich eines Tages vom Teppich erheben und auf zwei Beinen gehen würden, dass sie Messer und Gabel in die Hand nehmen und Essen von einem Teller zum Mund führen, sich auf ein WC setzen und Klopapier benutzen würden. Wir waren in eine ewige Gegenwart eingeschmolzen, wir waren zu müde, um uns an ein Vorher zu erinnern oder an ein Nachher zu glauben. Die Flüssigkeiten schwappten zwischen uns hin und her, Milch, Schweiß und Tränen, die Stiche der Dammnaht juckten, die Brüste spannten. Wir waren Flitzebogen von Körpern, wir sogen Luft ein, und alles bebte, plötzlich atmeten wir aus, und unsere Konturen lösten sich gründlich auf. Restlos unvorbereitet hatte uns ein Universum voll munterer

Motive und singender Teddybären verschluckt. Krisser war nicht glücklich, aber sie war lustig, und wir gingen Probleme auf dieselbe Weise an. Wie zwei Zahnräder, die verzweifelt ineinandergriffen, pumpten wir ab, und Krissers Schwiegervater fuhr uns in den Biergarten in Søndervig. Die Kellnerinnen dort waren angezogen wie deutsche Alpenmädel fürs Oktoberfest, und ihre Dekolletés waren überirdisch schön. Buggyschlafsackmilchpumpespieldecke, riefen wir, und diejenige, die sich bei dem Wort als erste verhaspelte, musste eine Runde ausgeben. Wir schilderten einander, wie wir gewesen waren, bevor wir Kinder bekamen, in unseren Anekdoten waren wir cooler und wilder als jemals in der Wirklichkeit. Du hättest mich mal sehen sollen, bevor ich schwanger wurde, sagte Krisser, echt schade, dass du dich mit den Resten begnügen musst. Ich kann sie zwar noch durch Risse in der Mutterschaft irgendwie erahnen, dennoch würde ich wünschen, wir hätten ein überzeugendes Erinnerungsarchiv, das wir zusammen durchgehen könnten. Manchmal fühle ich, dass ich sie in meiner Jugend vermisst habe, als gäbe es in meiner Vergangenheit ein kleines krisserförmiges Loch. Der fehlende Gast bei meinen Geburtstagspartys, der leere Sitz neben mir im Zug auf der Interrail-Tour. Wir hätten in Florenz Dart spielen, Spritz trinken und Rom unsicher machen sollen. Damals hätte ich den Landesjournalistenpreis kriegen und sie hätte Rocksängerin sein sollen, als wir immer noch daran glaubten, dass jederzeit alles passieren konnte, vor dieser plötzlichen Gegenwart, in der wir uns entdeckt hatten, mitten in der Wirklichkeit.

Es ist Samstag, die Schule veranstaltet einen Songmarathon. Der Musiklehrer hat eine repräsentative Auswahl aus dem *Højskolesangbog* zusammengestellt, dem traditionsreichen Liederbuch für die Heimvolkshochschulen, und im Vortragssaal vereinen sich Lehrer und Schüler von neun Uhr morgens bis neun Uhr abends im Gesang. In den Pausen gibt es Referate über die Verbindung zwischen Musik und Gemeinschaft. Wieder ein Wochenende gelaufen, sagt Sebastian, der mit der Keramiklehrerin verheiratet ist. Wir stehen mit unseren Kindern vorm Fenster und schauen in den Vortragssaal hinein. Die Singenden sehen grotesk aus, ihre Stimmen sind nicht zu hören, man sieht nur ihre verzerrten Gesichter. Kiefer entspannen sich und spannen sich an, Münder gehen synchron auf und zu. Die Heimvolkshochschule ist eine Naturkraft, eine Geliebte, mit der man nicht ernsthaft konkurrieren kann, was Sebastian und mich verbittert. Wir haben beide Lebensgefährten, die von der perfekt temperierten Gebärmutter der Schule verschluckt worden sind. Die Schulleiterin findet es wichtig, dass der Anhang der Lehrer sich in den Schulalltag einbringt, schließlich wohnen auch wir in Dienstwohnungen auf dem Gelände und essen mit in der Kantine. Es geht darum, den Schülern das Erlebnis von Kontinuität zu vermitteln, hat sie Sebastian und mir in einer Mail geschrieben, mitsamt der Aufforderung, spontan Vorträge über das zu halten, was uns beschäftigt, und als Gastlehrer einzuspringen, wenn die Festangestellten auf Seminaren oder Betriebsausflügen sind. Das ist die reinste Sekte, sagt Sebastian, die wollen uns da reinziehen. Als das Kollegium zur Fortbildung im Grundtvig-Seminar war, sollten wir die morgendliche Versammlung leiten. Die Schüler waren höflich, aber sie wussten genau, dass wir sie nicht richtig lieb haben, wir sind nett, aber eher so was wie vorübergehende Au-pair-Mädchen. Sie singen falsch, sagt Sebastian, er schaut beleidigt drein. Er ist Komponist und inspiriert sich derzeit stark an Alltagsklängen. Er nimmt die Geräusche auf, wenn seine Frau an der Töpferscheibe sitzt, Fuß auf Holz, Messer auf Metall, das merkwürdige Schmatzen feuchter Hände auf Lehm. Es klingt wie die Sexszene aus *Ghost*, sage ich, aber Sebastian meint, seine Musik sei eben gerade eine Alternative zur Popkultur. Er hat gerade eine Nummer fertig gemixt, sie ist um die Luftvibrationen herum strukturiert, die entstehen, wenn man mit dem Fingernagel an den Rand einer Keramikschüssel schnipst. Sebastians Tochter klopft vorsichtig an die Fensterscheibe des Vortragssaals, in dem sich jetzt alle zu einem Kreis aufgestellt haben, Hand in Hand. Denke nur, dass wir unsere Kinder hier aufwachsen lassen, sagt er, statt in den urbanen Betonwüsten. Ich sage zu Sebastian, wir sollten ein paar neue Heimvolkshochschullieder schreiben und eine Lehrerband aufmachen. Wir sind doch keine Lehrer, sagt er, bückt sich aber dennoch nach der Keramikschüssel, die unten in Frejas Klappkinderwagen liegt. Er lässt die Finger über ihren Rand gleiten und ruft einen sirrenden Klang hervor. Nein, sage ich, es müssen Protestlieder sein, die nach einer Gitarre verlangen.

Schlachtlied für den Anhang

Protestsong

Singbar auf die Melodie von: *Die Internationale*
(Komp.: Pierre Degeyter)

Gebt Ruh, ihr gottverdammten Lehrer
Die ihr stets uns zum Verständnis zwingt!
Still zuzuschauen, ist noch ärger
Weil es einfach gar nichts bringt
Anhang woll'n wir sein nicht länger
Weiß der Kuckuck, wo man hängt!
Doch ewig baumeln macht dich enger
Jetzt endlich wird zurückgedrängt!

[Refrain, wiederholt]
Eltern, hört die Randale!
Auf zum Lätzchengefecht!
Die Kind-Inflationale
Macht Druck, da wird dir schlecht

Nein, hier erlöst uns keine Göttin
Kein Schicksal und kein Komitee
Los, selber aus dem Elend retten
Und dann gilt: Still ruht der See
Leeres Wort: Platz an der Sonne
Leeres Wort: für alle da!
Mann tritt uns lieber in die Tonne
Solang wir Haushalt machen, klar!

[Refrain, wiederholt]
Leute, hört die Signale!
Jetzt wird alles gerächt!
Die Frau als Mann-Filiale
Das war doch niemals echt

In Stadt und Land, ihr guten Leute
Sind wir die stärkste Minderheit
Die Wichtigtuer schiebt beiseite!
Denn für unser Glück wird's Zeit
Schluss mit Massieren und Bedienen
Mit dem Müde-Helden-Kult!
Wir sind nicht nur Arbeitsbienen
Wir Frauen können auch Tumult!

[Refrain, wiederholt]
Weiber, stört die Ruh im Saale!
Ihr seid das starke Geschlecht!
Das immer nur Normale
Sorgt für kein Menschenrecht

Die Fahrstunde ist vorüber, im Wagen herrscht quälende Stille. Seit ich die theoretische Prüfung bestanden habe, nehme ich sogenannte Wiederholungsstunden. Ich gehe zum Fahrunterricht wie andere zum Golfspielen. Letzte Woche hat mich sogar meine Bank angerufen, wegen der vielen Überweisungen, die sie als klärungsbedürftig bezeichnete. Achtundfünfzig Kontobewegungen, sagte meine Kundenberaterin, ganz offenbar hielt sie es für möglich, dass ich erpresst wurde. Ja, ja, sagt mein Fahrlehrer, ein freundlicher Mann aus Søndervig, der wahnsinnig gern High Five gibt. Es wirkt wie ein Tick, den er nicht ablegen kann, entweder ist er so leutselig zur Welt gekommen, oder er war in einem früheren Leben Leistungssportler. Sonnengebräunt zu jeder Jahreszeit, helle Streifen im nach hinten gestrichenen Haar, er sieht aus wie ein Surfer. Ich werde das Bild nicht los, wie er seine gesamte Jugend auf einem Wellenkamm in der Nordsee verbracht hat, von besinnungslos entzückten jungen Touristinnen am Ufer belagert. Als ich mich das erste Mal neben ihm hinters Steuer setzte, sagte er, er glaube fest daran, dass jeder Mensch Autofahren lernen könne, es klang fast wie eine Beschwörung. Anfangs versuchte er mich zu motivieren und berücksichtigte meine nur zu offenkundige Angst vor dem Sterben, sagte, das sei normal, wenn man im fortgeschrittenen Alter den Führerschein machen wolle. Als ich mit hämmerndem Herzen vor dem Gleisübergang stehen blieb, lächelte er, während sich hinter uns eine Schlange bildete. Kupplung treten, erster Gang und High Five, sagte er und streckte die Hand zu mir aus. Wenn ich gestresst bin, treffe ich sie meist nicht so ganz, der Klatscher ist selten optimal, aber die Idee ist schön. Irgendwann hat er dann aufgehört zu sagen, das sei normal. Dann hieß es, es wäre ja auch langweilig, wenn alle gleich wären. Hast du mich über, frage ich, als ich den Motor ausmache. Das verneint mein Fahrlehrer zwar nicht eindeutig, aber er sagt, es sei doch auch erfrischend, dass ich nicht achtzehn bin, das sei mal eine Abwechslung. Irgendwann habe man Erzählungen von Discobesuchen oder blöden Eltern ja auch mal satt. Viele von den jungen Fahrschülern seien auch etwas maulfaul, nicht leicht, sich mit denen zu unterhalten. Das könne man von mir immerhin nicht behaupten. Ich rede besser als ich fahre. Ich lenke, beschleunige und blinke im Takt meiner eigenen Worte. Mein Fahrlehrer fragt, wie die Fahrt denn für mich gewesen sei. Er hat ein kleines Büchlein mitgebracht und rekapituliert verschiedene Situationen mit Gestikulieren und Zeichnungen. Ist es noch weit bis zur Fahrprüfung, frage ich. Meilenweit. Er nimmt seinen Kalender raus. Anfangs hat mein Fahrlehrer immer noch erzählt, selbst besonders schwierige Schüler hätten am Ende den Schein gekriegt. Leute aus Somalia, die noch nicht mal Fahrrad gefahren seien. Dann ist man *lost in traffic*, sagte mein Fahrlehrer, Verkehrserfahrung als Radfahrer *is a must*. Dann war da die achtundsiebzigjährige Witwe, ein Leben lang immer nur Beifahrerin gewesen, oder die Drillingsmutter aus Lem. Langsam gehen ihm die Geschichten aus, und ich werde selbst zu einer Erzählung. Erst eine unterhaltsame Anekdote am Abendessenstisch, später eine tragische Gestalt. Ich schaue meinen Fahrlehrer an. Er hat schwarze Ränder unter den Augen und sagt mittlerweile nicht mehr, jeder könne Autofahren lernen. Seufzend reiche ich ihm den Schlüssel. Leerlauf und Handbremse, sagt mein Fahrlehrer und schnipst mit dem Finger gegen den Plüschwürfel, der am Rückspiegel baumelt.

Mein Sohn ist in den Armen der Schulleiterin eingeschlafen. Du musst öfters mal raus, sagt sie und schaut mich streng an, folglich nehme ich kurz darauf an dem Schulfest zum Halbjahresanfang teil. Westernthema, die meisten, denen ich über den Weg laufe, tragen karierte Flanellhemden mit einem Sheriffstern auf der Brust. Es könnte daran liegen, dass ich ein Einzelkind bin, aber es verwirrt mich immer, wenn ich nicht überall, wo ich auftauche, sofort Beifall errege. Allerdings weiß ich auch nicht, womit ich gerechnet hatte. Die Schüler erkundigen sich höflich, was ich mit dem Baby gemacht habe, sie sagen, der Kleine ist so wahnsinnig süß, sie haben gerade selbst eine kleine Nichte bekommen oder kennen jemanden, der Mutter geworden ist. Ganz so, wie wenn ich meine Großmutter im Pflegeheim besuche und ein leidenschaftliches Interesse für *Let's dance* vortäusche. Was glaubst du, wer gewinnt dieses Jahr, rufe ich in ihr Hörgerät hinein, sie blickt mich milde an und zuckt mit den Schultern. Ich gehe immer wieder auf die Toilette, um die Zeit herumzubringen. Zwei Schülerinnen poltern in die Nebenkabine und unterhalten sich laut über meinen Liebsten. Der ist so cool, sagt die eine äußerst beeindruckt, der ist einfach er selbst. Sie besprechen detailliert den Körper meines Liebsten, den sie beide total toll finden, ich ertappe mich dabei, wie ich zu ihren Urteilen nicke. Jetzt kommen sie zu seinem Kopf, den ich ihm kürzlich rasiert habe, seine Schuppenflechte braucht Licht. Er ist so cool, sagt die eine Schülerin, wenn er aussehen will wie ein Skinhead, sieht er eben aus wie ein Skinhead. Sie wollen damit nicht sagen, mein Freund wäre vom Typ her einer, der Leute überfällt, aber sie könnten sich gut vorstellen, dass er zuschlägt, wenn er etwas Ungerechtes sieht. Ich warte noch eine Weile, nachdem sie gegangen sind, dann finde ich meinen Skinhead an der Bar. Darf man denn während der Stillzeit trinken, fragt eine von den Schülerinnen mit Blick auf mein Glas. Mein Freund hat mir einen grünen Drink gegeben, verschwindet aber rasch in einem Volkshochschulmeer von Händen. Als ob du einer Horde wilder Hunde ein Kotelett hinschmeißen würdest. Die Schülerinnen wollen ihn. Manche wollen seinen Körper, andere seine Aufmerksamkeit. Mein Freund ist von einem kristallklaren, durch und durch reinen Ernst, und was bei gesellschaftlichen Anlässen für ihn eine Hürde ist, bedeutet hier Triumph. Die Augen der Schülerinnen sind Scheinwerfer, mein Liebster lächelt verwundert, und ich schaue auf ihn, erfüllt von einsamem Stolz.

Als mein Freund kurz vor Mitternacht nach Hause kommt, sitze ich vor Notizen, Auswertungen von Sendungen mit Andres Agger, dem überaus populären TV-Reporter. Er war schon im Asylantenheim und im Gefängnis, auf Schloss Christiansborg oder bei einer Obduktion. Unbefangen bewegt er sich zwischen Flüchtlingen und Lebenslänglichen, Ministern und Leichen. Wo immer er auftaucht, öffnen sich ihm die Leute wie Flügeltüren und legen ihm ihre Seele vor die Füße. Mein Freund stülpt seinen Cowboyhut über den Bonsai und holt zwei Bier aus dem Kühlschrank. Gerade ist Anders Agger bei der Firma Vestas und schildert per Voiceover, dass die Windräder nach der Ölkrise der Siebzigerjahre aus dem klassischen westjütischen Trotz geboren worden sind. Erfunden von einem Schmied, der etwas Eisen übrig hatte und dem klar war, dass der Wind hier nicht so bald aufhören würde, sagt Anders Agger. Das Bild zeigt eine munter kreisende Schar von Windrädern im Sonnenuntergang. Er unterspielt immer, sagt mein Freund, wie Columbo. Intelligent, aber scheinbar ungefährlich, die Mischung ist seltener, als man meint. Ich greife einen Kugelschreiber und notiere mir Stichworte. In der nächsten Sendung geht es zu den Zeugen Jehovas in Tilst bei Aarhus. Unsere Lieblingsszene schauen wir uns immer wieder an. Anders Agger fragt einen Zeugen Jehovas, ob er seine Tochter nicht vielleicht indoktriniert, wenn er sie zur Missionierung in die Wohnviertel mitnimmt. Es ist kalt, sie frieren, kein Mensch will was von Jehova hören. Der Zeuge fühlt sich sichtlich angegriffen, die Stimmung ist kurz vorm Kippen. Da schüttelt Anders Agger sich vor Kälte, hebt einen Pappbecher hoch und sagt, na dann, Prost Kaffee. Auf diese Weise etablierte er eine Gemeinschaft, sagt mein Liebster, wir zwei gegen das Wetter, Mensch gegen Natur. Beeindruckend, sage ich und nehme einen Schluck Bier. Prost, sagt der Zeuge, schon deutlich milder gesinnt.

Lieber Kummerkasten,

ich freue mich über meinen neuen Job in einem mittelgroßen IT-Unternehmen und fühle mich auch kompetent für meine Aufgaben. Trotzdem bin ich unsicher, ob ich den Erwartungen entsprechen kann. Das Unternehmen hat ein neues Betriebssystem eingeführt, mit dem ich nicht recht vertraut bin, aber ich mag meine Kollegen nicht um Rat fragen. Meine älteste Tochter nennt mich ein störrisches Kamel, aber ich will ja nicht, dass man in der Firma bereut, mich eingestellt zu haben. Meine Frau meint, ich solle ruhig fragen, wenn mir etwas neu ist, aber ich arbeite lieber abends Handbücher durch, als dass ich das Gesicht verliere. Was meinst du, was ist die richtige Lösung?

Freundliche Grüße, ein störrisches Kamel

Liebes störrisches Kamel,

ich würde deiner Frau darin recht geben, dass es eine gute Idee wäre, dich bezüglich dieses neuen Betriebssystems bei deinen Kollegen zu erkundigen. Die meisten Leute helfen gern, und das ist besonders befriedigend, wenn es zu etwas führt. Es geht hier zwar nicht um mich, aber ich kann die Säuglingspflegerin meines Sohnes ziemlich gut leiden, sie ist ein Mensch, der einem viel Anerkennung vermittelt. Als sie uns am Tag nach der Geburt zum ersten Mal besuchte, sagte sie freundlich, ein Kind zu kriegen, ist eine existenzielle Krise. Wenn ihr bei irgendetwas unsicher seid, ruft mich einfach an. Auf dieses Angebot bin ich mehrmals zurückgekommen, und egal, was ich fragte, jedes Mal räusperte sie sich kurz und sagte, alle Kinder sind eben verschieden. Anfangs wartete ich dann ein wenig, weil ich das für eine Art Intro hielt, auf die die eigentliche Antwort folgen würde, doch dann stellte ich fest, die Bemerkung war sowohl die Einleitung, die Erklärung und die Abmoderation. Die Säuglingspflegerin versucht uns klarzumachen, dass wir als Eltern unseren Sohn am besten kennen und schon wissen werden, was er braucht. Das sehe ich restlos anders, und ich frage mich dann doch, wo die hundertpro selbstsicheren Autoritäten bleiben, wenn man sie mal braucht. Ich hätte gern Befehle und Gebrauchsanweisungen anstelle eines Säuglings, der mich abwartend anblickt. Unter den Armen und in den Kniekehlen meines Sohnes zeigten sich irgendwann große rote Flecken. Mein Freund und ich standen davor, starrten, dachten nach und rätselten, währenddessen verbreiteten sie sich weiter über seinen ganzen kleinen Körper. Wäre es vielleicht denkbar, sagte die Säuglingspflegerin unendlich vorsichtig, als sie unseren Sohn in Augenschein nahm, dass ihr ihn vielleicht nicht immer so ganz gründlich wascht. Wir schauten einander bestürzt an. Er war fünf Wochen alt. Wir hatten Schaubilder von Babykot in verschiedenen Phasen minutiös studiert. Wir hatten uns extrem genau über Windeln informiert, hatten ihn gewickelt und gepudert und gecremt, mit einer solchen Hingabe, dass wir schlicht und einfach vergessen hatten, ihn zu waschen. Jetzt war er dabei zu vergammeln. Kein Kind ist wie das andere, sagte die Säuglingspflegerin, aber man könnte ihn ja versuchsweise mal baden. Liebes störrisches Kamel. Pack das Problem an. Vergiss nicht, es gibt viele verschiedene Betriebssysteme, und die Welt ist voller freundlicher Menschen, die bereit sind, uns bei den Herausforderungen des Daseins zur Seite zu stehen. Wenn man die Hand ausstreckt, findet man sicher jemanden, der einem High Five gibt.

Herzlichen Gruß, der Kummerkasten

Schon wieder Montag, sage ich, als ich die Jacke meines Sohnes an einen Haken mit einer Butterblume dranhänge. Ja, nichts zu machen, sagt Maj-Britt. In der Kita ist Bauernhofwoche, heute werden sie sich damit beschäftigen, welche Laute zu welchem Tier gehören. Am Freitag wollen sie die Eltern von Nor besuchen, die haben eine Metzgerei in Herning. Muh, sagt mein Sohn. Ich glaube, heute gewinne ich den Mutterpokal, sage ich und blase eine Fanfare auf einem unsichtbaren Instrument, ich habe weder Regenzeug noch Hausschuhe vergessen. Einen Pokal, fragt Maj-Britt. Eigentlich glaube ich schon, dass sie mich leiden kann, aber doch auf eine andere Art, als sie die anderen Eltern leiden kann, eher so, als ob ich eine hilflose und etwas begriffsstutzige Asylbewerberin wäre, die sie in die dänische Gesellschaft integrieren soll. Du hast Löcher in den Strümpfen, sagt Ella, das älteste Mädchen in der Kita. Man kann deinen großen Zeh sehen, sagt sie und greift nach meinem Fuß. Das ist nicht weiter schlimm, sagt Maj-Britt, in manchen Gegenden auf der Welt ist das sogar modern. Was ist modern, fragt Ella. Das bedeutet schick, sagt Maj-Britt. Der Duft von Erdbeerkompott breitet sich aus. Am besten, du würdest auch auf mich aufpassen, sage ich und lege meine Jacke auf die Küchenbank. Ja, das könnte lustig sein, sagt Maj-Britt und gibt mir eine Tasse Kaffee. Sie erzählt, dass sie heute unten am Strand eine Schatzsuche veranstalten. Ich stelle mir vor, wie ich die anderen Kinder beeindrucke, indem ich alle Fragen, die uns zum Schatz führen sollen, richtig beantworte. Zum Beispiel weiß ich die Namen von allen Zwergen in *Schneewittchen*. Brummbär, Pimpel, Happy, Chef, Hatschi, Schlafmütz, Seppel, während der Aufzählung halte ich den Finger in die Luft. Das hast du gut gemacht, sagt Maj-Britt, sie wringt über der Spüle ein Schlabberlätzchen aus. Win-win, sage ich, keine Briefe, die beantwortet werden wollen, kein Redakteur, mit dem um Platz verhandelt werden muss. Dann hätte ich einen Strampelanzug in Erwachsenengröße, sage ich, vielleicht einen mit Teddybären oder Tigerenten. Maj-Britt nickt. Dann könnte ich als Riesenbaby gehen, und wenn ich traurig wäre, könntest du mich trösten, sage ich, du könntest mich hin und her wiegen, bis es vorbei ist. Mein Sohn schaut auf die kreisende Waschmaschine seiner Tagesmutter und gibt ein hohes Brummen von sich. Ich kann auch einfach nach Hause fahren, an die Arbeit. Muh, sagt mein Sohn und winkt, und ich finde, sein Tonfall hat etwas Aufforderndes an sich.

Krisser und ich stehen rauchend vor dem Sportstudio, durch meinen Körper rast der Puls. Wir haben rote Wangen, aber üble Laune, denn wir haben trainiert, obwohl wir Bewegung eigentlich hassen. Das wär geschafft, sagt Krisser. Ja, das wär geschafft, echoe ich. Unsere Gespräche bestehen in aller Regel aus kurzen Sätzen, und obwohl Krisser zu den Leuten gehört, mit denen ich am meisten rede, könnte ich den Inhalt unserer Gespräche nicht wiedergeben. Wenn wir im Hotel eine Flasche Wein auftrinken oder ein Bier am Hafen, reden wir meist lärmend miteinander, wir brüllen und lachen wie zwei Tiere, die man nach einem Winter im Stall gerade wieder auf die grüne Weide gelassen hat. Wenn du stillst, darfst du nur vier am Tag rauchen, sagt Krisser, aber die vier sollten es auch sein, sonst entwickeln die Kleinen nicht genug Widerstandskraft gegen Bakterien. Das hat sie von einer Pflegekraft in Struer gehört, die gut geerdet ist. Wenn Krisser über Leute redet, können sie drei verschiedenen Kategorien angehören. Am schlimmsten ist lästig, danach kommt gut geerdet, und am besten ist total in Ordnung. Ich bin krankhaft danach bestrebt, in die letzte Kategorie zu gelangen. Wir werden so was von abnehmen, sagt Krisser. Arschbacken aus Stahl, rufe ich. Eigentlich wollte ich gar nicht dünner werden, aber ich will gern total in Ordnung sein, und wenn Krisser verlangen würde, dass wir mit Haien schwimmen oder den Warenbestand eines Supermarkts durchzählen, dann würde ich das tun, ohne mit der Wimper zu zucken. Wie üblich habe ich mein Handtuch vergessen, aber Krisser bringt mittlerweile sowieso zwei mit. Ich weiß nicht, was ich ohne dich tun würde, sage ich, während ich mir das Gesicht abtrockne. Unsinn, sagt Krisser, sie haut mir auf die Schulter. Wenn ich selten mal etwas Liebes zu Krisser sage, tut sie immer so, als ob ich sie auf den Arm nehmen wollte, dabei bin ich ganz sicher, dass sie den Unterschied bemerkt. Wollen wir, sagt Krisser.

Ja, los, sage ich und setze mich in ihr Auto. Wir fahren langsam Richtung Velling, unterwegs machen wir am Fjord Halt. Die Gänse zeichnen große Buchstaben an den Himmel. Langsame Vs ziehen gemächlich gen Süden, eine Parade unter den Wolken, als würden sie versuchen, uns zu beeindrucken. Wow, sage ich, ja, oder, sagt Krisser, und die Gänse ziehen dahin über das Land der kurzen Sätze.

Lieber Kummerkasten,

ich bin siebenunddreißig Jahre alt und wegen länger andauerndem Alkoholmissbrauch in Behandlung. Ich bin in einer sozial schwierigen Familie groß geworden, habe aber endlich mit den schlechten Gewohnheiten brechen können, die ich von Kind auf erlernt hatte. Meine Frau hat mich immer unterstützt, wofür ich ihr zutiefst dankbar bin, aber sie hat kein Verständnis für die Dämonen, mit denen ich ringe. Meine Sponsorin bei den Anonymen Alkoholikern ist eine mittelalte Frau, sie weiß genau, was ich durchmache. Während des Prozesses habe ich Gefühle für sie entwickelt, ihr geht es genauso. Mittlerweile erlebe ich sie als meine Seelengefährtin, nicht mehr meine Frau, die aber immer zu mir gestanden hat. Ich bin sehr verwirrt und voller Schuldgefühle.

Herzlichen Gruß von einem, der alte Muster durchbrechen will

Lieber Musterdurchbrecher,

leider funktionieren Seelenverwandte nur selten gut als Paar, das sage ich, obwohl ich die Attraktion sehr gut nachvollziehen kann. Ich persönlich werde auch eher von Leuten angezogen, die nicht selbst für sich sorgen können. Ihre Unsicherheit und meine erkennen einander wieder, daraus entsteht diese besondere Gemeinschaft, die in dem Wissen liegt, dass man, wenn es so weit ist, nicht allein mit Pauken und Trompeten untergeht. Aber, lieber Musterdurchbrecher. Die gesammelte Menge an Dunkelheit zwischen zwei Menschen darf nicht größer werden als die Liebe, und das setzt der Frage, mit wem man zusammen sein kann, ganz natürliche Grenzen. Wenn ich mich in die Probleme anderer verliebe und von ihren Verirrungen geblendet werde, dann heißt es nichts wie weg. Glaub's mir. Das ist für alle das Beste.

Herzlichen Gruß, der Kummerkasten

Im Kvickly-Supermarkt bleiben die Leute vor unserem Kinderwagen stehen und machen seltsame Geräusche, um mit meinem Sohn Kontakt aufzunehmen. Das heißt, Kontakt zu mir, aber auf dem Wege über ihn. Wie heißt du denn, kleiner Freund, du hast aber hübsche Locken, bist du mit Mama einkaufen. Manchmal antworte ich mit einer hohen, kreischenden Babystimme, und mein Sohn schaut mich verwundert an, meist aber reagiere ich ganz neutral in seinem Namen, wie eine professionelle Bauchrednerin. Mein Sohn schaut sehr geduldig drein, als wüsste er, dass das zum Job gehört, nur manchmal runzelt er die Brauen und bläst seine dicken Wangen auf, zum Zeichen seines Überdrusses. Ich kann ihn gut verstehen, es muss ja auch anstrengend sein, unablässig angesprochen zu werden wie eine Mischung aus Schoßtier und Dekogegenstand. Die meisten Kontaktversuche werden von Anekdoten begleitet, sie handeln von den eigenen Kindern der Betrachter oder ihren Enkeln, von der Nachbarstochter im selben Alter oder einem Neffen, der auch bald ein Jahr alt ist. Ältere Leute lächeln mich an, das heißt, sie lächeln sich selbst in einem jüngeren Alter an, sie lächeln ihre Ehepartner an, die unsichtbar neben mir stehen und winken. Ganz junge Mädchen strahlen uns an, erfüllt mit unklaren Vorstellungen von einer fernen Zukunft, die sich kurz und vorübergehend im Gesicht meines Sohnes materialisiert. Mittelalte Männer mit halbwüchsigen Söhnen, die sie schon bald nicht mehr als Kinder werden bezeichnen können, spüren die seltsame Sehnsucht nach einem Körper, den man in die Luft werfen und wieder auffangen kann, begleitet von einem vollkommen vorhersehbaren Lachen. Das ist die Art Träume und Erinnerungen, die uns entgegenschwappen, und ich begreife, ich bin zum ersten Mal in meinem Leben jemand, mit dem andere sich identifizieren können. Ein Kind ist nie nur es selbst, sondern es steht für alle Kinder, die es jemals gegeben hat und die jemals kommen werden. Das Muttersein gehört nicht einem Menschen, sondern ist die Mutterschaft von Tausenden anderen. Auf einmal entdecke ich Anders Agger hinter einem Einkaufswagen. Langsam schiebt er ihn zwischen Kerzen und Servietten durch. Ich folge ihm mit rund zehn Metern Abstand, lasse andere Kunden zwischen uns kommen, einen Angestellten, der schnellen Schrittes Richtung Lager geht. Wenn Anders Agger wie gedankenverloren stehen bleibt und etwas in seinen Wagen legt, halte ich selbst inne. Stehe lange und nachdenklich da, einen Kürbis in der Hand, und blicke zwischen beiden hin und her. Ich träume davon, ihn bei der Kommunikation zu erleben, als leibhaftiges Beispiel dafür, wie ich mir ein hundertprozentig funktionierendes Gespräch vorstelle. Soweit ich von meinem Beobachtungsposten hinter dem Pfeiler bei der Tiefkühltruhe beurteilen kann, ist sein Einkauf politisch korrekt. Jetzt nähere ich mich der Gemüseabteilung und nehme ein Netz Bio-Orangen. Anders Agger hat einen Kopf Rotkohl in der Hand und betrachtet die lila Blätter. Dann legt er ihn achtsam neben die anderen Dinge in seinem Wagen. Ich überlege, ob er der Typ ist, der Kohl selbst fermentiert, oder ob er ihn mit grobem Salz in Butter schmort. Als er einen Mitarbeiter nach Granatäpfeln fragt, wird mir klar, dass er ihn vielleicht roh essen wird. Fein geschnitten, mit Orangenspalten und gehackten Walnüssen. Eine Frau tippt Anders Agger auf die Schulter und sagt, er habe das dokumentarische Genre neu erfunden. Er scheint sich zu freuen, obwohl er einwendet, das sei doch übertrieben. Man fühlt sich gesehen, auch als ganz gewöhnlicher Mensch, sagt sie. Ich suche nach einer Spur von Verdruss in Anders Aggers Gesicht, finde aber keine. Er erkundigt sich nach dem Leben der Frau, sie ist Pädagogin, hat aber früher davon geträumt, Pilotin zu werden. Darüber könntest du ja mal eine Sendung machen, lacht sie. Eine kinderreiche Familie und ein kleiner Stand mit Probierangeboten gerät zwischen uns, also kann ich nicht sehen, wie Anders Agger diesem Gespräch entkommt. Als ich an der hingerissen lächelnden Pilotenpädagogin vorbeikomme, schreibt sie gerade mit hastig tanzenden Fingern eine SMS. An der Kasse stellt sich Anders

Agger in die Schlange neben meiner und starrt auf den Inhalt meines Wagens. Abgesehen von einer Tiefkühlpizza ist der mit seinem absolut identisch. Er sieht mich etwas erschrocken an und legt eine Packung Plunderteilchen neben den zukünftigen Kohlsalat. Und wieder Freitag, sage ich, ein Versuch, munter zu klingen. Anders Agger nickt, ja, das bleibt nicht aus. Von meinem Sohn, der völlig gebannt auf das Kassenlaufband starrt, ist keine Hilfe zu erwarten. Auf so einen selbst gemachten Rotkohlsalat bin ich ganz wild, sage ich laut zur Kassiererin, und während ich den Einkauf verstaue, summe ich ein Liedchen. Dann mal viel Glück mit dem Kohl, sagt Anders Agger, als er mit seinen Tüten an mir vorbeigeht. Gleichfalls, sage ich, viel Spaß beim Schnippeln. Ich schnalle meinen Sohn auf dem Fahrradsitz fest und hänge die Tüten an den Lenker. Als er mit seinem Auto an mir vorbei Richtung Herningvej rollt, winkt Anders Agger mir zu. Knapp schaffe ich es, mir sein Kennzeichen zu merken.

Muh, sagt mein Sohn, als hätte er soeben einen Entschluss gefasst. Der Tonfall seines Muhs, mal steigend, mal fallend, drückt eine Vielzahl komplexer Empfindungen aus. Wenn ich morgens aufwache, höre ich im Kinderzimmer eine klare Stimme muhen, ein Präludium für den Tag. Mein Leben ist eine Symphonie aus Kuhlauten, die mich verfolgen, wohin ich auch gehe. Muhuuu: Begeistert zeigt mein Sohn auf ein Windrad. Muh, flüstert er beklommen, wenn die Schüler ihn im Speisesaal fragen, wie er heißt. Die Schulleiterin nimmt meinen Sohn auf den Arm und trägt ihn zur Statue des Gründervaters der Heimvolkshochschulen. Sie deutet darauf: Grundtvig. Muh, entgegnet mein Sohn ernst und greift nach der steinernen Nase. Jetzt will er mit dem Stabmixer spielen, das schöne, schnurrende Metall glitzert im Licht der Küchenlampe. Nein, sage ich. Muhuuu!, schreit er ganz besessen, wie ein geisteskranker brunftiger Stier. Mit gesenktem Kopf krabbelt er auf mich zu, stößt mit der Stirn in die Luft, zeigt auf den Stabmixer, schmeißt sich auf den Boden. Sein Geschrei wird immer schneller und lauter. Mumumu, schluckauft er, die Tränen kullern ihm über die Wangen, muhuuuuuuuu. Während wir an der Umfriedung der Kuhweide entlanggehen, flattern seine Hände in der Luft, seine Beine sind kleine Trommelstöcke, er fuchtelt lachend drauflos. Er will zwischen den Beinen der Kühe herumkrabbeln, sie vorsichtig an den Schwänzen ziehen, ihnen Gras und Löwenzahn geben, ihre rauen Zungen auf seinen Händen spüren. Er will ein Teil ihres großen Chores sein, über das Grasland hinweg brüllen, der Ruf von zehntausend Kühen übertönt die Wellen der Nordsee. Er muss bald mal weiter im Alphabet, sagt mein Freund, der ein Buch über Vokaltraining gelesen hat. Wir versuchen es mit allem. Hund, Katze, Maus, Frosch, Eule, Löwe, Bär. Wir kommen überein, es immer nur mit einem Tier auf einmal zu versuchen. Wie macht das Schaf, fragt mein Liebster langsam. Unser Sohn schaut uns an, als wären wir völlig zurückgeblieben, und macht Muh. Auf einer Weide etwas außerhalb von Stauning entdecken wir eine Schafsherde und verbringen dort mehrere Wochenenden. Wir nehmen Proviant mit und wandern neben der Herde auf und ab. Wir kaufen teures weiches Toilettenpapier mit aufgedruckten Lämmern, ein großes Stoffschaf. Mäh, machen wir freundlich auffordernd. Mein Sohn runzelt die Brauen. Wenn er eines Tages beim Psychologen auf der Couch liegt und an seine Kindheit denkt, wird er uns nichts, aber auch gar nichts verzeihen. Er verdreht die Augen: Muh.

Lieber Kummerkasten,

jüngst habe ich nach meiner Ausbildung meine erste Stelle als Gymnasiallehrer angetreten. Da ich als Kind früh eingeschult wurde und keine Lücken in meiner Ausbildung habe, bin ich erst fünfundzwanzig, also altersmäßig relativ nah an den Schülern dran. Vor allem abends in der Kneipe kommentieren sie mein Aussehen, was mir ziemlich unangenehm ist. Ich war früher ein Model und style mich gern, aber sollte ich in dieser Situation vielleicht irgendwelche speziellen Verhaltensmaßregeln beachten? Ich bin Klassenlehrer einer Zehnten, und vor allem eine bestimmte Schülerin sucht intensiv meine Nähe, besonders, wenn sie etwas getrunken hat. Sie sieht zwar gut aus und ist begabt, aber das geht ja nicht. Oder?

Mit den besten Grüßen, ein Klassenlehrer

Lieber Klassenlehrer,

es ist wirklich ärgerlich, wenn gutes Aussehen berufliche Nachteile mit sich bringt. Als ich hochschwanger war, hatte ich eine Fahrlehrerin namens Mona. Das Problem mit Mona war ziemlich banal. Sie war einfach zu hübsch für eine Fahrlehrerin, das fand nicht nur ich. Die verschwitzten Teenager-Jungs, mit denen zusammen ich Theorie hatte, konnten sich überhaupt nicht auf Monas Diashow konzentrieren. Sie sprach einen so heftigen jütländischen Dialekt, dass mein Aarhus-Akzent daneben klang wie reinstes Kopenhagenerisch, und das will ganz schön was heißen. Wenn sie die Regeln für die unbedingte Vorfahrt wiederholte, saßen wir sabbernd da und versuchten, ihr mit unserem Wissen über die Straßenverkehrsordnung zu imponieren. Mona hatte beinahe orange Haare, und obwohl ich diese Farbe nicht mal unbedingt mag, wurde ich ganz süchtig danach. Ihre Kleidung war immer darauf abgestimmt, sie leuchtete geradezu, das ist keine Übertreibung. Mona war Pippi Langstrumpf auf ihrem Pferd, orange Dahliensträuße, ihr Lächeln ein Warnblinken in der Nacht. Die Fahrschüler saßen atemlos neben Mona in ihrem BMW, während sie Bonbons lutschte und lustige SMS von ihren Freunden las. Ich hing im neunten Monat fest, meine Fahrprüfung wurde immer wieder verschoben, als wollte sie versuchen, den Geburtstermin einzuholen. Hey, Dolph, du Nilpferd, rief Mona mir zu, wenn ich hinter meinem Bauch her auf die Fahrertür zugewatschelt kam, die sie mir aufhielt, aber wenn du das Kind in meinem Auto kriegst, machst du hinterher schön selber sauber. Sie nennt mich immer Dolph, nach diesem unverschämten mannsgroßen Stoffnilpferd aus dem Fernsehen. Lieber Klassenlehrer. Das flache Land kann unverhoffte Möglichkeiten suggerieren, und der Horizont wirkt unendlich. Das ist eine Täuschung. Gib auf die Verkehrsregeln acht. Ein BMW ist kein Kreißsaal, und ein Klassenzimmer ist kein Nachtklub. Man flirtet nicht mit seinen Schülerinnen, und man kriegt in anderer Leute Autos keine Kinder.

Herzlichen Gruß, der Kummerkasten

Ich verlasse den Bahnhof von Skjern. Im Sprühregen wirken sogar die Häuser flach. Schau dir das mal an, sage ich und deute auf ein bizarres Gebäude. Es sieht aus wie ein postmodernes Kunstwerk aus den späten Achtzigerjahren, und mir vermittelt es das Gefühl, als hätte ich Hasch geraucht. Die Farbe des Hauptgebäudes ist ein Zwischending aus blassem Sonnengelb und welkem Beige, der Anbau rechts daneben ist schlicht und modern und könnte zum Beispiel Büros mit gestressten öffentlichen Angestellten beinhalten. Über dem Eingang des Hauptgebäudes ragt ein seltsamer Mittelturm empor, wird aber von einer braunen Markise, die an das Verdeck eines Kinderwagens erinnert, mit dem Boden verbunden. Zu seinen Seiten sind mit symmetrischer Liebe zwei mal zwei Bullaugen platziert, durch die das Haus den Bahnhof betrachtet, als wollte es die Reisenden überwachen. Der Stilmischmasch ist komplett, ich muss an einen betrunkenen Architekten denken, der während des Baus durch einen anderen, ebenso besoffenen ausgetauscht wurde, allerdings einen mit anderen Ideen. Gekrönt wird das Werk von einer langen Antenne, die im Himmel verschwimmt. Ich bin sprachlos, sage ich zu meinem Sohn, der mich zur Antwort ein bisschen vollsabbert. Ihre kleine Vera auf dem Arm, kommt Krisser durch die Schwingtür. Wir setzen uns ins Hotelrestaurant. In der Tür zur Küche tuscheln zwei ungefähr achtzehnjährige eineiige Zwillinge miteinander. Krisser zeigt auf sie, das sind Pia und Maria. Nein, umgekehrt, sagt die eine. Wir sind zusammen in der Krabbelgruppe, sagt Krisser und deutet auf mich. Die Zwillinge sagen unisono Hallo, das Lächeln gleitet über ihre Gesichter wie ein vorbeihuschender Zug. Als wir uns gesetzt haben, sage ich zu Krisser, ich dachte, wir wären Freundinnen. Ach, komm schon, sie schlägt mir auf den Rücken, man kann doch beides sein. Nach ein paar Minuten wedelt Krisser mit den Händen.

Pia und Maria greifen gemächlich jede nach einer Speisekarte und bewegen sich in Zeitlupe auf unseren Tisch zu. Ich bestelle eine Fanta, Krisser will nur ein Mineralwasser. Mit oder ohne Zitrone, fragt Pia, ohne den Blick von ihrem Block zu heben. Du klingst, als würdest du mich fragen, lieber Erdbestattung oder Feuer, sagt Krisser, ist das Leben so schrecklich. Die Zwillinge blicken einander an und schütteln den Kopf. Arbeitskräfte fallen nicht vom Himmel, sagt Krisser, als Pia und Maria wieder bei der Bar sind. Die eine hält das Glas, die andere drückt auf einen Knopf, Wasser spritzt aus einer Maschine. Dass Krisser das Hotel Skjern gekauft hat, war gleichermaßen ein Appell und ein Start-Up-Traum. In der Fantasie wurde das Projekt immer größer, und wenn sie mit funkelnden Augen in der Bank saß, waren sämtliche Berater bei der Vorstellung, Krisser eine Menge Geld zu leihen, hellauf begeistert. Alle wollten mit auf ihren fliegenden Teppich. Als sie ihren Küchenchef zum Bewerbungsgespräch dahatte, hielt er ihr einen langen, beeindruckenden Lebenslauf hin, den sie einfach nur beiseite wischte. Kannst du richtig anpacken, und kannst du einen Latte machen, ohne dass die Milch anbrennt. Ja, antwortete er, wobei er ihr in die Augen schaute, und wie alle anderen, die Krisser ansehen, wollte er nichts sehnlicher, als sie zufriedenzustellen. Ganz instinktiv will man es Krisser recht machen, einerseits weil das für alle am günstigsten ist, aber auch, weil man sie schnell ins Herz schließt. Sie wirbelte durch die Küche und gab ihren Angestellten Anweisungen, die, das gelang ihr auf wundersame Weise, wie Komplimente klangen, alle sagten, ja, Krisser, gern, Krisser. Sie stockte das Hotel um ein Geschoss auf, aus ganz Jütland strömten Gäste herbei, und Krisser führte sie im Sommer in der näheren Umgebung herum. Sie veranstaltete Ausflüge in das Naturschutzgebiet Skjern Enge und schipperte sie mit der Handseilzugfähre durch das Flussdelta. An der Furt des Flüsschens stürzte König Hans im Jahre 1513 und starb bald danach, das war die fatalste Lungenentzündung der dänischen Geschichte, sagte Krisser. *Wie bitte*, fragten die deutschen Touristen und fotografierten den alten Aussichtsturm. *Pferd, Fluss, tot*, sagte Krisser, *gross König*. Nickend starrten sie in die Luft, wo Krisser einen Fischadler entdeckt hatte, als hätte sie selbst den Vogel erfunden und am Himmel platziert. Noch hoch im neunten Monat war sie herumgewackelt und hatte Kunst für die neuen Zimmer bestellt. Verschon mich mit bunten Bildern, sagte Krisser, sie behauptet, der Künstler Poul Pava habe die Geburt ausgelöst. Wir sind alle große Kinder, stand mit runden Blockbuchstaben auf einem Acrylgemälde von ihm, das ihr Mann in der Hochzeitssuite aufgehängt hatte. Das Bild zeigte einen Streichholzmann, der dem Betrachter mit einem unbeherrschten Lächeln entgegenblickt. Karsten, schrie Krisser, jetzt hört der Spaß aber auf. Als ihr Mann angerannt kam, war schon das Fruchtwasser abgegangen. Was ist denn verkehrt mit den Skagen-Malern, schrie sie, Krøyer, Ancher, Tuxen, da gibt es so viel Schönes. Ruf bei Theis an, ächzte Krisser, und ihr Mann griff zum Telefon, verzweifelt auf der Suche nach gerahmten Plakaten. Keine zwanzig Minuten später erblickte Vera im Zimmer 211 das Licht der Welt. Direkt unter Poul Pava, ausgerechnet, lächelt Krisser ihre Tochter an.

Stell dir vor, wir pflücken Pilze, sage ich, das habe ich noch nie gemacht. Sammeln, sagt Sebastian, man sammelt Pilze, man pflückt sie nicht. Auf den Boden starrend, wandeln wir durch den *Garten des Staunens*, den ökologischen Lehrgarten der Heimvolkshochschule, während die Vogelschwärme langsam über den Himmel dahingleiten. Wiesenchampignon, Pfifferling, Trompetenpilz, murmelt Sebastian. Unsere Kinder sitzen unter einem Nadelbaum und schmieren sich gegenseitig Erde ins Gesicht. Aufs Land zu ziehen, war für Sebastian eine Offenbarung, derzeit erwägt er sogar, unter die Selbstversorger zu gehen. Das allermeiste, was man im Haushalt braucht, kann man wirklich selber herstellen, sagt er, nur die Fantasie setzt Grenzen. Zahnpasta, Haarshampoo, Toilettenpapier, sage ich. Sebastian wedelt das mit der Hand beiseite, sein Lächeln ist offen und unfokussiert, als würde es sich an keine bestimmte Person richten, sondern an die ganze liebe Welt als solche. Du bist Komponist, sage ich, dir fehlt jede Ahnung von Landwirtschaft. Sebastian meint, tief in uns würden wir ein intuitives Wissen von der Natur tragen, und den Rest könne man sich anlesen. Wir setzen uns auf einen Baumstumpf, ich bücke mich, pflücke einen hübschen Pilz und beiße herzhaft hinein. Sebastian schlägt mir zwischen die Schulterblätter, nicht runterschlucken, ruft er und steckt mir die Finger in den Mund. Das ist ein Knollenblätterpilz, ruft er, von dem kannst du taub und blind werden. Während ich noch dastehe und auf den Boden spucke, kommt Sebastians ältere Tochter angerannt. Sie tippt mir unsanft auf die Schulter. Willst du meine Danceshow sehen, fragt sie. Es ist unmöglich, diese Frage nicht als Drohung zu verstehen, also nicke ich und nehme meinen Sohn auf die Schultern. Wir gehen zu ihrem Haus, wo Alba einen neongrünen Tüllrock anzieht und gebieterisch auf ein Sofa deutet. Sebastian reicht mir müden Blicks ein Glas Kombucha. Nein danke, sage ich, das sieht ja aus wie Morgenurin. Mikrofon, ruft Alba, woraufhin ihre kleine Schwester unter den Tisch krabbelt und eine Haarbürste herbeischafft. Ich liebe Sebastians Kinder, weil sie vor meinen Augen aufwachsen. Weil sie in dasselbe Planschbecken pissen wie mein Sohn und im selben ruckartigen Rhythmus wachsen, lachen und rumtoben. Uuuuuuuunder stjernene på hiiiiiimlen, singt Alba so laut, wie sie nur kann, den dänischen Beitrag zum Grand Prix Eurovision de la Chanson 1993 und dreht sich dabei rasend im Kreise. Mir wird allein vom Anblick schwindelig während Sebastian leeren Blickes auf seine Tochter schaut. Während meiner Schwangerschaft sagten die Leute immer, wenn man Kinder bekomme, bekomme man auch neue Freunde, was ich aber kategorisch von mir wies, denn ich hielt das für eine allzu konventionelle Vorstellung. Bevor ich selbst Mutter wurde, hatte ich nicht die geringste Ahnung von der Macht der Elternschaft, aber sie liegt vollkommen gleichauf mit anderen Hobbys, die man in seinem Leben manisch, begeistert und laienhaft gepflegt hat. Kinder zu kriegen, macht einen zum Mitglied in einem Klub, und man verhält sich ungefähr so wie ein Raucher. Gemeinsam verlässt man das Fest, tritt hinaus in die Kälte, rückt ein wenig dichter zusammen, als man müsste. Kurz bevor man sich den Glimmstängel ansteckt, blickt man einander verschwörerisch an und weiß genau, wie es dem anderen geht. Soziale Zugehörigkeit, politische Ansichten, Alter und Geschlecht, alles löst sich auf in einer gemeinsamen Leidenschaft, wegen der man, schon klar, vorzeitig müde, hässlich und alt wird. Man weiß, es ist unverzeihlich dumm, aber man kann es auf gar keinen Fall entbehren und überlegt sogar schon, wann man sich die nächste gönnen wird. Die gemeinsame Erfahrung erschafft einen Zusammenhalt, geboren aus wilder, grenzenloser Liebe, wie man sie früher im Leben auf Sporthelden oder Popsternchen richtete. Ich bin fertig, jetzt müsst ihr klatschen, ruft Alba.

Herbstlied ohne Wind
Gutenachtlied
Singbar auf: *Guten Abend, gute Nacht*
(Komp.: Johannes Brahms)

Guten Abend, gut' Nacht!
Mit Sternen bedacht
Von Träumen umweht
Kleiner Schatz, schlafe stet
Und die Kuh steht im Gras
Muht dich morgen früh wach
Kleines Kalb, wünsch dir was
Mach's der Mutterkuh nach

Guten Abend, gut' Nacht!
Wenn die Sonne dir lacht
Dich der Kindheitsgott bewacht
Wächst du mit aller Macht
Was das Leben dir auch gibt
Du wirst immer geliebt
Happy Birthday, geht klar
Hab ein strahlendes Jahr!

Die Fahrlehrer haben ihr eigenes Königreich, eine Grillbar zwischen Videbæk, Spjald und Ringkøbing. Wenn sie einander im Verkehr begegnen, rufen sie sich zu, bis nachher im Hauptquartier! Sie malen Hotdogs in die Luft und versammeln sich nachmittags dort, sobald der letzte Fahrschüler ausgestiegen ist. Sie sind Detektive auf Rädern, kennen die Läden und die Fußgängerzone bis zum letzten Pflasterstein. Sie haben sämtliche Baustellen im Blick, vorübergehende Geschwindigkeitsbegrenzungen ebenso, nichts entgeht ihren scharfen Fahrlehreraugen. Im Hauptquartier sitzt die kleine Mafia zwischen gekochten und gebratenen Würstchen, Würstchen im Schlafrock und allen Arten Hotdogs, wo sie sich über die Neuigkeiten im öffentlichen Raum austauschen. Mein Fahrlehrer hat mich dorthin mitgenommen und spendiert mir ein Sandwich mit Schweinebraten. Wir sitzen an ihrem Stammtisch, er holt einmal tief Luft. Ich kann dich schon gut leiden, das ist es nicht, sagt er, es geht nicht um dich, sondern um mich. Mein Fahrlehrer kratzt sich am Kopf und murmelt etwas von wegen, er brauche schlicht und einfach mal ein bisschen Abwechslung. Parkplatzpeter sagt, warum ein Geheimnis daraus machen, dass ich weitergereicht werde. Eine für alle, sagt Mona und beißt in ihr Hotdog. Ich spüre einen kleinen Rest Rotkohl auf der Wange, der Surfer gibt mir eine Serviette. Mona hat verloren, er reicht ihr die Mappe mit der Aufstellung über meine Fahrstunden, aber ihr kennt euch ja. Ich weiß, ich weiß, Dolph, die Sache zieht sich, sagt Mona und nimmt ihre Autoschlüssel. Draußen bei ihrem BMW rauchen wir eine Zigarette. Manchmal würfeln wir nach Feierabend um die Schüler, sagt sie, also um die etwas speziellen. Einerseits sind Dauerschüler natürlich eine sichere Einnahmequelle, andererseits kann es auch ein bisschen mühsam werden. Ich sag's nur, wie's ist, sagt Mona. Seit ich die theoretische Prüfung bestanden habe, sind meine Fahrlehrer in einer traurigen Stafette aufeinandergefolgt. Anfangs ist es immer easy. Nicht lange, und ich kenne die Namen aller Familienmitglieder und Haustiere. Sie erzählen mir, wie es ist, in der Provinz aufzuwachsen, schildern Schulbesuch und Ehen, Seitensprünge und Kindheitserinnerungen. Die Fahrlehrer werden zu einem Roman in Fortsetzungen, ich freue mich immer auf das nächste Kapitel. Nicht lange, und ich vergesse, dass das eine Fahrstunde ist, der Verkehr wird ein nebensächlicher Vorwand für die Weitererzählung. Und dann irgendwann wird ihr Blick unstet, das Nervenkostüm dünner. Ich zerstöre meine Fahrlehrer physisch. Dass ich mich in ihre Autos setze, verletzt ihren Berufsstolz. Am Ende stellt meine pure Gegenwart eine Niederlage dar, zwingt sie zu der Frage, ob sie im richtigen Fach gelandet sind. Die Unsicherheit quält sie und durchsetzt ihr gesamtes Dasein. Haben sie den richtigen Ehepartner, die richtigen Kinder, das richtige Leben. Wer erst mal begonnen hat zu zweifeln, dessen Gedanken dehnen sich aus wie Kreise im Wasser. Auf die Dauer hält kein Mensch das aus. Irgendwie erkennt man ein Muster, sagt Mona, und mir geht auf, dass ich von Leuten gefeuert werde, die ich selber angeheuert habe. Sie erzählt, dass der Stress den Surfer fertiggemacht hat, er sei ein Kontrollfreak und nicht an Misserfolge gewöhnt. Also an mich, sage ich unsinnigerweise. Aber er war schon immer ein bisschen, sagt Mona, was mir ein gewisses grammatikalisches Unbehagen verursacht, denn oft lässt sie ihre Sätze unvollendet. Ein bisschen was, sage ich. Ein bisschen, du weißt schon, Mona tippt sich mit dem Zeigefinger an die Schläfe. Lächelnd schaut sie mich aus ihren grauen Schlafzimmeraugen an, die so wunderbar zu den goldenen Sneakern passen. Pass auf, dass du die Kupplung langsam kommen lässt, sagt Mona, kurz bevor ich abwürge. Langsam, sagt sie, und dann Gas geben. Sie rollt die Pulloverärmel hoch, wodurch sie zwei Unterarme enthüllt, bei deren Anblick ich an den Tunnel in Vejlby-Risskov denken muss, durch den ich immer zur Schule gefahren bin. Ihre Tattoos zeigen Katzen in verschiedenen Schattierungen, einfache Strichzeichnungen, mit unheimlichem Lächeln. Sie haben Schleifen in den Haaren, sie hüpfen, essen Cupcakes, tragen Superheldencapes und Zylinderhüte. Hello Kitty, sage ich. Ganz genau, sagt Mona. Sie schaltet das Radio ein, ich frage, wie es ihr so geht. Wie man's nimmt, sagt sie und reißt brutal ein Päckchen Nikotinkaugummi auf. Was nimmt, frage ich. Das Leben, sagt Mona. Sie hat die Anzahl Zigaretten drastisch reduziert und muss zugeben, dass mit ihr zur Zeit nicht gut Kirschen essen ist. Drinnen im Hauptquartier winkt der Surfer. Schwer zu sagen, ob er winkt oder einen Luft-High-Five macht, immerhin hat er wieder ein bisschen Farbe im Gesicht.

Mein Liebster und ich besuchen das Stadtfest von Velling in einem Zelt auf dem Sportplatz. Die Vellingerin oder der Vellinger des Jahres soll gewählt werden, ich schreibe den Namen der Schulleiterin auf ein Blatt und male ein Herz drum herum. Der Kaufmann sitzt mit zwei anderen Männern in einem Käfig mitten auf dem Rasen. Warum denn das, frage ich und stecke einen Finger zwischen den Stäben durch. Wir sammeln für eine neue Mehrzweckhalle, sagt er. Gedacht ist an einen Anbau für die Freie Schule, der aber von allen Gruppen der Dorfgemeinschaft genutzt werden soll. Vellings Antwort auf die Box in Herning, sagt der Kaufmann und erzählt, ursprünglich habe Dorthe im Käfig gesessen. Warum denn das, frage ich. Sie hat drei Kinder, erzählt der Kaufmann, und die Idee war, dass sie erst wieder aus dem Käfig rauskommt, wenn eine halbe Million Kronen Spenden erreicht ist. Ihre Kinder kamen und steckten Bilder, die sie gemalt hatten, durch die Stäbe, eines Abends konnte man quer über den Fußballplatz hören, wie sie ihrem Jüngsten ein Gutenachtlied sang, der stand vor dem Käfig, seinen Teddybären in der Hand. Das hat die Leute beeindruckt, sagt der Kaufmann, Dorthe musste aus dem Käfig raus, und Velling wusste, was es wollte. Die Bauern besuchten einander auf den Höfen, die Schulleitung hielt eine außerordentliche Sitzung ab, sogar Foot and Face hat was in die Sammeldose getan. So kamen fast dreihunderttausend zusammen, und Dorthe durfte raus, unter der Bedingung, dass statt ihrer das Festkomitee hinter Gitter kommt. Die drei Männer prosten sich grinsend mit ihren Biergläsern zu. Vom Jungfrauenkäfig zum Löwenkäfig, sagt der Kaufmann. Neben der Bierzapfanlage sitzen Krisser und ihr Mann. Der Pfarrer lässt sich über die Preise in den Cafés in Ringkøbing aus, fünfunddreißig Kronen für einen halben Liter Mineralwasser. Der Pfarrer sagt, bei Rema kriegst du einen halben Liter für acht Kronen.

Das sagt Karsten zu Krisser auch immer. Sie soll nicht so viel über das Hotel reden, wenn sie getrunken hat. Würdest du lieber bei Rema sitzen und dein Mineralwasser im Laden trinken, fragt Krisser, zwischen den Regalen, sie macht eine Pause, oder vielleicht auf der Tiefkühltruhe. Nein, sagt der Pfarrer, er schaut verwirrt drein. Krisser sperrt die Augen auf und tut so, als wäre sie äußerst überrascht. Aha, okay, sagt sie langsam, also würdest du doch lieber in einem Korbsessel auf dem Marktplatz sitzen, möglichst in der Sonne. Nickend bindet der Pfarrer sein langes graues Haar zu einem Pferdeschwanz. Und da dein Mineralwasser aus einem Glas trinken, vielleicht sogar mit einer Scheibe Zitrone, wäre das nicht schön, sagt Krisser liebenswürdig. Ja, murmelt der Pfarrer und sieht sich hilfesuchend nach dem Gemeinderat um. Krisser lächelt auf eine Weise, dass es mir kalt den Rücken runterläuft. Aber du holst dir das Glas nicht selbst aus der Café-küche, oder, flüstert Krisser. Wie meinst du das, der Pfarrer rückt etwas näher an sie heran. Ich meine, dass alles seinen Preis hat, ruft Krisser, nichts auf der Welt ist umsonst. Karsten streichelt ihr über den Rücken. Auf einmal kommt der Bürgermeister an, einen großen Umschlag unter dem Arm. Die Schulleiterin schaltet das Mikrofon ein und folgt ihm auf die Bühne. Sprich mir nach, donnert Krisser, Miete, Lohn, Inventar. Der Bürger-meister räuspert sich, er teilt mit, es gebe gute Neuigkeiten in Velling. Die Aussage wird von einer Kunstpause gefolgt, so lang, wie nur mittelalte Männer es fertigbringen. Gleich wird er den Schleier lüften, was die Spendensammlung erbracht hat und ob die drei Männer möglicherweise bald aus dem Käfig hinausdürfen. Die Leute vollführen mit den Fingern auf den Tischen einen Trommelwirbel. Versicherungen, Annoncen, Steuern, wiederholt der Pfarrer zu meiner Rechten. Es stellt sich heraus, dass innerhalb von zwei Wochen achthunderttausend Kronen für die neue Mehrzweckhalle zusammengekommen sind. Umsatzsteuer, ruft Krisser, die Leute stehen auf und klatschen. Es herrscht allgemeine Begeisterung. Der Käfig wird geöffnet, die drei Männer kommen heraus und stellen sich auf die Bühne, die Arme um die Schultern gelegt. Der Beifall will kein Ende nehmen, sie verbeugen sich immer wieder. Die frühe Dämmerung des Herbstes legt sich um das Zelt und lässt Velling wie eine mythologische Landschaft wirken. Wir trinken Bier vom Fass und tanzen Boogie-Woogie, dann im Kreis. Singt, dass es bis nach Ringkøbing zu hören ist, ruft die Schulleiterin, sie steht auf dem Tresen der Bar, das Mikrofon in der Hand. Wir sind aus Velling, wir sind aus Velling, olé, olé-olé-olé, brüllen wir über den Fjord, der mit einem gemächlichen Seufzen antwortet.

Lieber Kummerkasten,

ich bin jemand, der viel an andere denkt, ganz anders als mein Mann, der ist einer von denen, die vor allem an sich selber denken. Wir streiten uns recht viel über unsere Werte und vor allem darüber, wie wir unsere Kinder aufziehen sollen. Wie kann ich ihn ändern?

Viele Grüße, eine Nachdenkliche

Liebe Märtyrerin,

bestimmte Typen erzählen immer, was für ein Typ sie sind. Sie sind nie der Typ, für den sie sich selbst halten. Wenn Leute sich selbst definieren, geben sie dadurch nur ihre größten Wünsche oder ihre tiefsten Ängste preis. Institutionen, die sich selbst untersuchen, sollte man nie vertrauen. Polizisten, die von ihren eigenen Kollegen vernommen werden, Forscher, die aus ihren eigenen Schriften zitieren. Liebe Märtyrerin. Rede freundlich über deinen Mann, wenn Brücken gebaut werden sollen, ist jeder dafür mitverantwortlich. Dass du dich selbst nicht sehen kannst, bedeutet noch lange nicht, dass du unsichtbar bist.

Herzlichen Gruß, der Kummerkasten

Wer hat dir denn die gute Laune verschissen, fragt Bent, der gerade aus der Tür kommt, als ich die Kita betrete, meinen Sohn auf dem Arm. Ich sage, ich wohne in einer Heimvolkshochschule, und ständig von glückstrunkenen Menschen umgeben zu sein, fügt einem bleibende Schäden zu. Meine finstere Laune ist instinktiv, sage ich, sie dient dem kosmischen Gleichgewicht. Alle Schülerinnen und Schüler zusammen sind ein Heerzug voller Friede, Freundschaft, Eierkuchen, niemand kann sie aufhalten. Das hättest du sicher auch schnell satt, sage ich. Schon, sagt Bent, er winkt meinem Sohn, der nach seinem Halstuch greift. Theoretisch glaube ich unbedingt an Gemeinschaft und hohe Werte, sage ich, während ich mich auf der Küchenbank niederlasse, aber irgendwie wollen die nichts von mir wissen. Muh, sagt mein Sohn und streckt die Arme nach der Tagesmutter aus. Maj-Britt hat grüne Schnecken gebacken, sie schneidet eine in zwei Teile und stellt sie mir auf einem Teller hin. Wow, ich nehme einen Bissen. Sie tut Lebensmittelfarbe in den Teig, die Kinder mögen das. Ist mal was anderes, sagt Maj-Britt. Sie findet, die Thermounterwäsche von meinem Sohn hängt nur noch an einem seidenen Faden, Maj-Britt bepinselt ein blaues Weißbrot. Jedes Mal, wenn ich die Kita meines Sohnes betrete, komme ich mir vor, als ob ich mein Textbuch vergessen hätte. So sag schon was Normales, denke ich, was Neutrales. Maj-Britt erzählt, dass sie später in die Turnhalle wollen. Sprossenwand, Pferd, Kletterseil, Medizinball. Ich habe schon mit zehn behauptet, ich hätte meine Tage, damit ich nicht zum Turnen musste, sage ich und nehme mir Kaffee. Ach, sagt Maj-Britt, sie schiebt ein Backblech in den Ofen. Gekriegt habe ich sie erst mit zwölf, sage ich, aber das soll ein Sportlehrer erst mal beweisen. Und jetzt sind die Worte nicht mehr zu halten. Es werden immer mehr, das ist wie eine Prügelei, aus der man nicht mehr rauskommt, meine Lippen klappern wie eine Nähmaschine, all meine Gedanken verwandeln sich in Worte, vollkommen ungefiltert. Das Gehirn will dem Kehlkopf, Ursprung meines Unglücks, Signale zusenden. Es will die Stimmbänder zum Innehalten bringen, die fröhlich über meiner Luftröhre flattern. In Panik ruft es Nase und Nebenhöhlen hinzu, da niemand sonst gehorcht, unglaublich, wie schlecht mein Körper kooperiert. Mit Leuten, die immer wieder untreu sind, muss es ganz ähnlich sein, vielleicht haben die ihre Geschlechtsorgane einfach nicht unter Kontrolle. In der Hinsicht bin ich allerdings diszipliniert, sage ich zu Maj-Britt, sobald ich die Geilheit durch meinen Körper brausen spüre, schließe ich die Augen und rufe einen Wagen. Taxi, drei Cheeseburger und dann nach Hause schlafen. Ja, davon ist noch niemand schwanger geworden, sagt Maj-Britt.

Die Schulleiterin und ich wollen zu Foot and Face in Velling, sie kriegt *foot*, ich will lieber *face* probieren, ich hasse es, wenn mir jemand an den Füßen rumfummelt. Als wir hierhergezogen sind, habe ich vom Inhaber des Ladens einen Gutschein gekriegt, zusammen mit einer Topfpflanze. Der Gutschein lautet auf einmal *foot*, was ein bisschen billiger ist als *face*, aber ich gäbe alles darum, *foot* zu entgehen. Wenn ich versuche, auf *face* upzugraden, würde das undankbar wirken, frage ich die Schulleiterin. Ich glaube, *foot* geht ganz anders, als du denkst, sagt die Schulleiterin, die seit vielen Jahren dort Kundin ist. Hast du gesagt, dass du eine Freundin mitbringst, als du den Termin ausgemacht hast, frage ich, als wir über den Bahnübergang gehen. Nein, sagt die Schulleiterin, ich habe gesagt, ich komme mit meiner Nachbarin. Ich frage sie, ob wir keine Freundinnen sind. Wenn man auf dem Land wohnt, sind Nachbarn lebensnotwendig, sagt sie. Die Schulleiterin erzählt von Theis und seiner Frau, deren Wehen mitten in der Nacht einsetzten, das Auto war zur Reparatur, und Flexbirgit hatte Urlaub. Ihr Stellvertreter hatte eine längere Tour nach Bur, aber zum Glück gab es ja den Nachbarn. Am Ende hat Theis' Frau ihr erstes Kind im Skoda vom Nachbarn zur Welt gebracht, sagt die Schulleiterin, direkt vor der Grillbar im Brejningvej. Beim nächsten Mal genau dasselbe, nur diesmal im eigenen Auto. Beim dritten Mal haben sie es bis nach Vorgod-Barde geschafft, aber mittlerweile hatte Theis die Griffe drauf, mit denen er den Kindern auf die Welt half. Bei der Bank, wo er arbeitet, nannten sie ihn schon die Hebamme. Wenn hier in Velling 'ne Fruchtblase platzt, wären wir ohne den Theis verratzt, sagen die Leute, es ist fast schon eine feste Redewendung, sagt die Schulleiterin, die sich immer mittels irgendwelcher Dorfgeschichten aus peinlichen Situationen rettet. Übrigens war ich mir ganz sicher, wir wären Freundinnen, sage ich. Ich denke schon, dass wir das noch werden, da passt ja manches recht schön, die Schulleiterin hakt mich unter.

Lieber Kummerkasten,

vor Kurzem habe ich Abitur gemacht, bald bin ich Studentin und gehe auf die Universität. Meine Eltern haben beide hohe Posten bei Vestas Windkraftanlagen, meine Interessen gehen aber in eine ganz andere Richtung, ich träume davon, Ideengeschichte zu studieren. Wenn ich ihnen von den Philosophen erzählen will, die ich lese, schauen sie mich müde an und bringen das Gespräch ruckzuck wieder auf Windkraft. Als würden wir auf verschiedenen Planeten leben, ich habe das Gefühl, wir können einander gar nicht mehr erreichen. Wir streiten uns viel über Politik und unsere Werte, ich überlege schon, ob ich den Kontakt zu ihnen völlig abbrechen soll, wenn ich nach Kopenhagen ziehe, oder ich besuche sie nur noch zu Weihnachten. Glaubst du, das wäre eine Lösung?

Mit freundlichen Grüßen vom schwarzen Schaf der Familie

Liebes schwarzes Schaf,

lass uns am besten eines gleich klarstellen. Es ist absolut möglich, Leute zu lieben, die man eigentlich nicht leiden kann, und das bewahrheitet sich vor allem innerhalb der Kernfamilie. Wir werden in eine Erzählung hineingeboren, wir haben nicht darum gebeten, Teil davon zu sein, unser Leben ist eine knallharte Entscheidung, die ohne uns getroffen wurde. Blutsbande sind keine rote Seidenschleife, sondern ein abgenutztes Springseil, eine Nabelschnur, mit der wir an Händen und Füßen gefesselt sind. Familienprobleme gehen nie vorüber, weil wir die Hoffnung nie ganz aufgeben können, immer ist im Herzen irgendwo noch der Wille zum Verzeihen da. Liebt man jemanden mit der blinden Liebe der Instinkte, ist es fast egal, was die tun, von Bedeutung ist nur, wer sie sind. Du liebes, gutes schwarzes Schaf. Ich weiß, das ist kein Trost, aber stell dir die Liebe als einen verwirrten Nachtschwärmer vor. Ein hoffnungsloser Flügeltanz in den Flammen. Das Feuer verbrennt ihn, eine plötzliche Brise löscht die Glut, doch kurz danach tanzt er wieder im Licht, immer wieder dasselbe, und so wird es bleiben, für immer und ewig.

Herzlichen Gruß, der Kummerkasten

Ich sehe Anders Aggers Auto vor der Bibliothek und stelle mein Fahrrad daneben ab. Ich habe ein Buch über Verkleidungen bestellt, sage ich zum Bibliothekar, der bedauernd den Kopf schüttelt, als er meinen Namen nicht bei den Reservierungen finden kann. Anders Agger geht drüben zwischen den Regalen mit Fachliteratur herum, wahrscheinlich sucht er was für eine Recherche. Das verstehe ich nicht, sage ich und rede ein wenig über Skelettkostüme. Anders Agger bleibt stehen und schaut aus dem Fenster, der Fjord macht sich schön für seinen Blick, als würde er sich herausputzen, als wäre er nur für ihn da. Der Bibliothekar schaut noch mal auf seinen Bildschirm. Als ich Anders Aggers Blick auffange, sage ich, ja, schon wieder Halloween. Er nickt, der Bibliothekar mustert intensiv einen auf einem Rollwagen wartenden Bücherstapel. Anders Agger geht hinüber zum Buchstaben K, in der Nähe der Spielecke. Willst du spielen, sage ich laut zu meinem Sohn, der auf meinem Arm schläft. Vielleicht ist er noch ein bisschen klein, sagt der Bibliothekar, aber ich bin schon unterwegs zu ein paar Zählrahmen. Ich nehme ein Exemplar von *Ronja Räubertochter* und fange an, laut vorzulesen, da summt mein Telefon. Als ich mich mit Namen melde, muss ich niesen. Du bist ja schon wieder erkältet, sagt meine Mutter, wie immer. Nein, sage ich, wie andere Durchschnittsdänen bin ich 3,5-mal pro Jahr erkältet. Meine Mutter ist seit zwanzig Jahren nicht mehr krank gewesen. Ich erinnere sie an die Nierensteine, 2005. Meine Mutter findet, das könne man nicht als Krankheit bezeichnen, so was könne alle treffen. Sie ärgert sich, dass ich die niedrige Schmerztoleranz meines Vaters geerbt habe, und dazu noch sein schlechtes Immunsystem. Zwei bedauerliche Eigenschaften, die einander verstärken, sagt meine Mutter. Wenn sie alles zusammenrechnet, sagt meine Mutter, dann hat sie die Hälfte ihrer Ehe in der Apotheke verbracht und die andere im Krankenhaus. Für mich war es fast genauso schlimm wie für ihn, sagt sie, weil ich so empathisch bin. Alle paar Wochen wieder war ich Zeugin der Nahtoderlebnisse deines Vaters, für die brauchte er nicht mehr als eine einfache Erkältung. Die Schmerztoleranz meiner Mutter ist enorm hoch, sie erzählt zum x-ten Mal, wie sie meine Geburt bewältigt hat. Wie wenn eine eingeweichte Mandel aus der Schale flutscht, sagt meine Mutter. Wenn mein Vater in der Nähe ist, pflegt er sich dann immer zu räuspern. Na ja, Mandel, sagt er. Dein Vater ist so eine Mimose, den mussten sie fast aus dem Geburtszimmer tragen, sagt meine Mutter. Er war draußen, um eine zu rauchen, sage ich. Na ja, rauchen, sagt meine Mutter.

Ich gehe in dieselbe Fahrschule wie Malte, ein Schüler im Schreibkurs meines Freundes, und manchmal teilen wir uns eine Stunde. Malte ist unsterblich in Mona verliebt, die meisten seiner Gedichte handeln von ihr, obwohl sie dort in Form von anderen Personen oder von Gegenständen auftaucht. Wir sitzen im stahlgrauen Toyota der Schulleiterin und üben auf dem Kiesweg Geradeausfahren. Als ich am Gestüt vorbeirolle, heben zwei Pferde den Kopf und hören auf zu kauen. Augen auf die Straße, sagt Malte, und jetzt schalten, in den Zweiten. Er nimmt sein Telefon aus der Tasche und blickt begierlich auf ein Like, das Mona unter einen Tesla gesetzt hat. Ich frage Malte, was er am Wochenende gemacht hat, er erzählt, er hat eine polizeiliche Verwarnung gekriegt wegen ein paar Graffitis an verlassenen Lagerschuppen. Die tun doch niemandem was, sage ich, solange ihr euch mit den Motiven ein bisschen Mühe gebt und keine küchenphilosophischen Sprüche ablasst. Malte sagt, das meiste waren Gedichtzitate und Tierzeichnungen. Ich bin selbst ein paar Jahre durch Aarhus geradelt und habe überall in den Tunnels *carpe diem* hingesprüht, sage ich, so was von entbehrlich. Malte wäre gern Künstler, aber er sagt, es ist schon vorgesehen, dass er das Bauzeichnungsbüro seines Vaters übernimmt. Ich sage, das lässt sich doch gut verbinden, die meisten Mitglieder von Pink Floyd waren Architekturstudenten und lernten sich bei irgendwelchen Stadtplanungssitzungen kennen. Was ist Pink Floyd, fragt Malte. Ich blinke, fahre rechts ran, mache das Handschuhfach auf und stecke eine CD in den Player. *Wish You Were Here* könnte ein guter Einstieg sein, sage ich. Tief in mir rührt sich mein Vater, und ich spüre die zwölf Jahre Altersunterschied zwischen Malte und mir wie die Berliner Mauer. *Shine On You Crazy Diamond*, sage ich, mach die Augen zu und gib dich der Musik hin. Malte wirft einen raschen Blick auf sein Handy. Keine Angst, das nehme ich dir schon nicht weg, sage ich und werfe es auf den Rücksitz. Hör gut auf den Text, sage ich und drehe die Lautstärke hoch. Die singen ja gar nicht, sagt Malte mit aufgesperrtem Mund. Das Vorspiel dauert achteinhalb Minuten, er kommt mir ungeduldig vor. Versuch mal zu hören, wie die Musik expandiert, sage ich und verspreche, ihm ein paar Links zu schicken. Malte dreht sich um und nimmt sein Telefon vom Rücksitz. Okay, murmelt er und macht die Tür auf. Das heißt aha, sage ich.

Lieber Kummerkasten,

ich bin ein Mann in der Lebensmitte, nach einer schwierigen Periode bei der Arbeit bin ich jetzt wegen Stress krankgeschrieben. Seitdem sitze ich den ganzen Tag da und schaue dem Gras im Garten beim Wachsen zu. Obwohl es jeden Morgen ein kleines bisschen höher ist, bringe ich nicht die Energie auf, es zu mähen. Meine jetzige Freundin kenne ich seit acht Monaten. Sie ist sehr fürsorglich und gibt mir so viel Raum, wie ich brauche, aber ich habe große Schuldgefühle. Als wir uns kennenlernten, war ich stark und unternehmungslustig, mittlerweile fühlt sich ein Gang zu Netto *an wie eine unmögliche Expedition. Ich glaube nicht, dass sie wegwill, aber vielleicht sollte ich meine Freundin um ihrer selbst willen verlassen, das tun, was Sting empfiehlt:* If You Love Somebody, Set Them Free?

Gruß, ein Klotz am Bein

Lieber Klotz am Bein,

wie viele andere stehe auch ich gern an der Reling, wenn ich mal mit dem Boot unterwegs bin. Mir ist aufgefallen, die meisten, die direkt in das schäumende Meer blicken, halten sich an der Reling fest, als ob etwas sie da runterziehen könnte. Ich glaube, auf dem Schiff der Nacht gibt es zwei Arten Leute. Diejenigen, die sich davor fürchten zu fallen, und diejenigen, die sich davor fürchten zu springen. Wenn mich eins paranoid machen könnte, dann das Vertrauen der Leute, ich möchte sie möglichst schnell enttäuschen, ganz einfach, damit es ausgestanden ist. Als mein Freund sich vor zehn Jahren in mich verliebte, fühlte ich Mitleid, wie einen Stich. Ich schaute in seine strahlenden Augen und dachte: Mein Liebster, das wirst du bereuen. *Big time.* Seine Liebe ist unvorsichtig und wehrlos, mitten in meinem Wahnsinn schaut er mich an, als wäre ich gar keine Naturkatastrophe, die einen ganzen Kontinent ohne jede Hoffnung zurücklassen wird. Lieber Klotz. Du solltest nicht auf Sting hören, der springt da, wo der Zaun am niedrigsten ist. Die wichtigste Aufgabe in einer Paarbeziehung besteht darin, den eigenen Selbsthass zu zügeln. Das Schöne an der Liebe unserer Liebsten ist, dass sie unsere Sorgen wie kleine Geschenke annehmen. Danke, sagen sie und tragen sie davon, als würden sie zu ihrer eigenen Dunkelheit gehören. Darum kann das Leben so schön sein.

Herzlichen Gruß, der Kummerkasten

In der Schule ist Kochabend, Thema ist das Klima. Aufblasbare Erdkugeln hängen an den Lampen, die Schüler tragen Kleidung, die sie aus Mülltüten zusammengenäht haben. Als Vorspeise gibt es geröstete Waldameisen mit gekochtem Spinat. Die Ökolehrerin erzählt, dass sie die ganze Woche gebraucht hat, um die Viecher in einem Nadelwald bei Tarm zu fangen. Die übrigen Zutaten hat der Grüne Start-up-Kurs in den Filialen großer Supermarktketten containert. Man darf auf keinen Fall dem Mindesthaltbarkeitsdatum vertrauen, sagt die Ökolehrerin eindringlich, es ist einfach eine Riesensauerei, wie viel Rohwaren weggeworfen werden, die noch gut sind. Sie erzählt, dass bei ihr zu Hause alle Mahlzeiten aus dem bestritten werden, was beim Containern zu holen ist, man müsse sich nur von der hergebrachten Vorstellung von Mahlzeiten befreien. Die Schüler haben achtunddreißig Kilo braunen Zucker containert, jetzt müssen wir uns was einfallen lassen, sagt die Ökolehrerin, Fantasie hat keine Grenzen. Plötzlich zeigt sie bestürzt auf unseren Sohn. Schneidet ihr ihm nicht die Fingernägel, fragt sie in einem Tonfall, in dem Entsetzen und Ungläubigkeit beben. Doch, sagen mein Liebster und ich zugleich. Die Ökolehrerin schaut uns nicht an, sondern ruft ihren Mann. Sie flüstert ihm etwas zu, er bedenkt uns mit einem raschen Seitenblick. Fünf Minuten später kommt er mit einer kleinen Nagelschere angerannt, die sie bei ihrem Jüngsten benutzen. Ganz außer Atem reicht er sie seiner Frau. Sie nimmt meinem Sohn vorsichtig das Lätzchen ab, wozu sie ein Kinderlied singt, das ich nicht kenne. Mit großen Augen sitzt mein Sohn ganz still und schaut zu, wie seine Nägel auf die Tischplatte fallen. Der Mann der Ökolehrerin betrachtet lange das Weiße um seine Iris. Die können sich so leicht die Augen ritzen, wenn die Nägel nicht regelmäßig geschnitten werden, flüstert er, ganz kurz mal schaut man weg, schon sind sie blind oder müssen mit Sehbehinderungen leben. Und du bist Augenarzt, oder was, sage ich und sammele die kleinen Nägel in einer Serviette zusammen. Ja, sagt der Mann der Ökolehrerin. Er hat eine Praxis gleich am Marktplatz von Ringkøbing und ist auf grauen und grünen Star spezialisiert. Vielleicht solltet ihr einen Rapport für die Gemeinde verfassen, sage ich. Die Ökolehrerin und ihr Mann wechseln Blicke, schütteln aber rasch den Kopf. Der Augenarzt sagt ernst, alle Eltern machen es so gut, wie sie können, da nutzen auch Vorwürfe nichts. Aufmerksam bleiben und bereit sein, unterwegs dazuzulernen, mehr kann man nicht tun, sagt die Ökolehrerin. Für nach dem Essen hat eine der Kontaktgruppen eine Veranstaltung vorbereitet, die sie *Confessions* nennen. Seit ein paar Wochen hat eine herzförmige Pappschachtel mit einem Schlitz im Deckel vor der Kantine gestanden, in die die Schüler Zettel mit ihren Geheimnissen stecken sollten. Emma liest sie vor. Eines der Geheimnisse besteht darin, dass eine Schülerin plant, auf Klassenfahrt meinen Liebsten anzuflirten. Emma wird rot, blickt meinen Liebsten dennoch herausfordernd an. Ich wusste ja gar nicht, dass ich unsichtbar bin, flüstere ich Sebastian zu. Er schüttelt den Kopf, ich stehe auf. Ich räuspere mich laut und versuche, Emmas Blick einzufangen. Hier und da wird gelacht, aber da ich mich nicht wieder hinsetze, kehrt Stille ein. Was soll das Theater, sage ich, den Zeigefinger auf Emma gerichtet, kannst du ihm nicht tote Tiere oder gebrauchte Monatsbinden nach Hause schicken wie eine normale Stalkerin. Sie blinzelt, in der Kantine herrscht donnernde Stille. Es ist doch nur ein Spiel, murmelt Emma, hast du keinen Humor. Nein, sage ich, der ist zur Zeit ein bisschen abgenutzt. Ihr seid hemmungslose, sittenlose junge Leute, sage ich, ihr habt keine Ahnung davon, worum es im Leben geht. Doch, sagt Emma. Mein Freund blickt konzentriert auf ein Bild an der Wand, das eine Tangotänzerin darstellt, als ob die und er die beiden einzigen Menschen auf der Welt wären. Tut gut, es mal rauszulassen, sagt die Schulleiterin beim Nachtisch. Ihrem Mann sei es auch so gegangen, als sie hier angefangen habe. Als ob es ihn nicht geben würde, frage ich, sie nickt. Ich erzähle von meiner

Kindergartengruppe, in der war ein Junge, der immer außen vor blieb. Das tat mir leid, also sorgte ich dafür, dass er die Tür war, wenn wir Kaufladen spielten. Wenn wir rein wollten, um etwas zu kaufen, drückten wir seine Nase. Auf-zu, murmelte er die ganze Spielstunde über, und ganz genauso geht es mir, sage ich zur Schulleiterin. Sie findet es vollkommen natürlich, dass man sich zurückgesetzt fühlt, weil die Schüler so sehr auf die Lehrer fokussiert sind. Durch die Phase muss jeder Anhang durch, sagt sie und reicht mir einen Keks mit ein bisschen Schimmel drauf. Und wie lang geht die, diese Phase, frage ich. Bis man sich mit der Situation abfindet, sagt die Schulleiterin.

Wenn mein Liebster die Mülltüte zuknotet, weil er den Müll rausbringen will, findet er immer, ich hätte sie allzu voll gestopft. Dieses Thema mussten wir nach ein paar Jahren Beziehung aufgeben, wir hatten uns schlicht und einfach festgefahren. Ich finde immer, für ein klein wenig mehr Müll ist noch Platz, während die Grenze meines Freundes etliche Zentimeter unter meiner liegt. Es kommt darauf an, wie stark man drückt, sagte ich, aber mein Liebster schüttelte den Kopf. Eine Tüte folgte der nächsten, mehr war nicht zu sagen, übrig blieb nichts als ein winzig kleiner Seufzer. Allerdings ein wichtiger Seufzer. Wenn er eine frische Tüte von der Rolle abreißt und sie zu einem Drittel mit dem Gipfel meines Müllbergs füllt, bis an der alten Tüte genügend Plastik für einen Knoten übrig ist, braucht er einfach diesen Seufzer. Zur Verteidigung meines Freundes sei gesagt, der Seufzer ist so gut wie lautlos, einem schweren Ausatmen recht ähnlich, für das Ohr der Kennerin aber eindeutig. Solange er seufzen darf, braucht er nicht zu schimpfen. Folglich lächele ich liebenswürdig, man könnte sagen, ich umarme seinen Seufzer, und mit einem Ernst, von dem ich weiß, dass er ihn sowohl zu schätzen weiß als auch ihm misstraut, sage ich, Entschuldigung, nächstes Mal mache ich den Müll nicht so voll. Hm, meint mein Liebster, bereits milder gestimmt. Wir in Velling wollen was, und wir wissen wohl, wir haben einander geformt wie Landschaften. Wir räumen gemeinsam die Spülmaschine aus und füllen sie erneut mit Stapeln von Tellern, die wie Wolkenkratzer um die Spüle stehen. Wir schreiben Einkaufszettel, die einsam und verlassen auf dem Tisch liegen bleiben, wenn wir zum Kvickly fahren, und dort setzen wir unseren Sohn in einen Korb auf Rollen. Wir kratzen angetrockneten Haferbrei vom Holztisch und kaufen eine mit lächelnden Kühen bedruckte Wachstuchdecke. Wir setzen den Fuß vertrauensvoll auf den Boden, landen aber auf einem Puppenwagen und rollen los, bis wir der Länge nach daliegen und an die Decke glotzen. Zwei Spinnen bewegen sich von verschiedenen Ecken des Netzes aufeinander zu, als hätten sie eine Verabredung in der Mitte. Wir lauschen dem Summen des Heizkörpers, dem Sausen des Windrads, dem Gesang der Thermoskanne. Unter der Brücke donnert der Zug vorüber, ein Vogel knallt ans Fenster. Benommen kommt er im Garten wieder auf die Füße, und morgen wird er unser Wohnzimmer wieder mit dem Himmel verwechseln. Der Chor übt ein Abendlied, während langsamer Regen einsetzt, im Küchengarten streicht der Wind durch den Grünkohl, der erbebt wie Liebende kurz nach dem Abschied.

Danke für Schnee und Schmetterlinge

Liebeslied

Singbar auf: *Danke für diesen guten Morgen*
(Komp.: Martin Gotthard Schneider)

Danke für Schnee und Schmetterlinge
Danke für jeden Tag zu zweit
Danke, dass wir die Sprache lieben
Als Gemeinsamkeit

Danke für alle schönen Töne
Danke für das Sirenenlied
Danke, auch wenn mir die Ballonfahrt
Letztlich leicht missriet

Luftleer, unser Ballon, ein hohler
Satz, der fast in die Flucht uns schlug
Danke für dein geliebtes Lachen
Das uns weitertrug

Danke für unsern grauen Alltag
Danke für jeden Schluck Kaffee
Dass ich dank deiner Zärtlichkeiten
Alles übersteh

Danke für deinen guten Willen
Danke, dass du Versprechen gibst
Danke, dass du, auch wenn ich schwanke
Mich so stoisch liebst

Stoisch liebst du mich, ohne Schranke
Danke, denn mein Verstand packt's nicht
Danke für diesen Herzensfrieden
Dank für Land in Sicht

Dankbar seh ich den Gang der Jahre
Danke, alles ist hell und still
Danke für Schnee und Schmetterlinge
Die ich hüten will

Der Tag und die Straße

So, jetzt die Vorfahrtsregeln, sage ich mit einem Blick in mein Theoriebuch. Malte, eine Zigarette im Mund, streicht sorgsam seine Locken zurecht, bis sie scheinbar ganz zufällig so liegen. Ja und, er wirft den Zigarettenstummel auf den Boden und tritt ihn mit der Fußspitze aus, als der mitternachtsblaue BMW auf den Parkplatz einbiegt. Mona steigt aus dem Auto und sagt, Rauchen tötet, während sie sich eine Zigarette ansteckt. Malte grinst, ich strecke die Hand nach ihren blauen Camels aus. Nichts da, du hast ein Kind, sie schlägt mir auf die Hand. Mona gibt mir ein kleines Plastikauto, das sie für meinen Sohn gekauft hat. Wahrscheinlich macht der den Führerschein sowieso noch vor dir, sagt sie. Malte lacht laut und lange. Und los geht's, sagt Mona und dirigiert mich Richtung Eisenbahnbrücke. Ich habe panische Angst vor entgegenkommenden Traktoren oder einem von Vestas' vielen donnernden Lkw. Diese Brücke ist die schmalste Stelle in ganz Velling und so ungünstig gebogen, dass man andere Fahrzeuge erst fünf Meter vor der Stelle in der Mitte der Brücke sieht, wo man ihnen begegnet und an der zwei Pkw mit knapper Not aneinander vorbeipassen. Ich sage, ist doch ironisch, dass ich direkt an der gefährlichsten Stelle von ganz Velling wohne. Mona meint, wenn ich mir meine Katastrophenfantasien abgewöhnen würde, könnte ich es noch weit bringen. Und zehn Minuten später, als ich den Blinker setze und links abbiege, will sie wissen, warum sie jetzt so sauer dreinschaut. Weil sie hier die unbedingte Vorfahrt hätte beachten müssen, sagt Malte. Genau, sagt Mona, wir versuchen's gleich noch mal. Sie räumt ein, dass diese Eigenheimviertel auch nicht unbedingt ein Kinderspiel sind, der Straßenverlauf kann relativ unklar sein. Aber trotzdem, sagt Mona, schalt mal das Hirn ein, Dolph. Malte lacht von hinten vom Rücksitz, ich biege Richtung Tændpibe ab, wo wir einen kurzen Blick auf ein Reh erhaschen, das gelassen zwischen ein paar Bäumen grast. Mona sagt, man dürfe Wild, das über die Straße setzt, auf keinen Fall ausweichen, das sei einfach zu gefährlich. Sie erzählt, wie ihr mal aus dem Nichts ein Rehbock vors Auto gesprungen ist. Er schaute ihr ruhig in die Augen, eine Sekunde danach hatte sie ihn auf dem Kühler. Das Geweih war gebrochen, sagt Mona, wisst ihr übrigens, dass Rehe vier Mägen haben. Ich schüttele den Kopf. Ja, sagt Malte. Mona sagt, sie hat dann alle vier gesehen, von innen. Ihre Scheibenwischer wischten das Blut hin und her, ein Wagen vom Falck-Dienst kam in Windeseile, um dem Reh den Gnadenschuss zu geben. Während sie in ihrem Auto darauf wartete, musste Mona die Schreie des Rehes mit anhören. Die Versicherung ist dann für alles aufgekommen, sagt sie, aber kein Mensch braucht ein aufgeschlitztes Reh auf der Netzhaut. Ich für meinen Teil weiß, dass ich von jetzt an überall imaginäre Rehe sehen werde. Rehe mit kleinen Kälbern, die es nicht nach Hause in den Wald zurückschaffen, und mein eigener Kopf knallt gegen die Windschutzscheibe. Ohne es zu bemerken, werde ich immer langsamer, ich stelle mir meinen mutterlosen Sohn vor, das arme Rehkitz. Zigarettenpause, ruft Mona, danach wechselt ihr. Wie alt bist du jetzt noch mal, fragt sie Malte. Er läuft knallrot an und muss lachen. Zwanzig, sage ich. Bist du stumm, fragt sie, Malte schüttelt den Kopf. Ist sie deine Bauchrednerin, Mona deutet auf mich. Nein, sagt Malte. Die Jugend umschwirrt ihn wie ein kleiner, hübscher Vogel. Wenn Mona etwas sagt, starrt er sie an, als ob die Worte für ihn sichtbar würden, und er nähme sie über die Augen wahr, nicht über die Ohren. Auf dem Heimweg zur Volkshochschule sitzt Malte hinter dem Steuer. Alles, worauf die Sonne scheint, gehört dir, flüstere ich ihm zu, die Landstraße liegt vor uns wie ein gestreifter Webteppich von Wand zu Wand. Er beißt sich auf die Lippen und wirft rasche Blicke in den Seitenspiegel. Gut, sagt Mona, du liegst gut auf der Straße. Malte errötet, als wollte er sich farblich der untergehenden Sonne anpassen.

Lieber Kummerkasten,

nach elf Jahren Ehe bin ich es allmählich leid, dass mein Mann immer recht haben muss. Eigentlich geht es uns über längere Perioden gut miteinander, aber seine Verbohrtheit kann das Dasein doch zu einer Herausforderung werden lassen. Gestern sind wir aus dem Urlaub heimgekommen, während dem seine schlechten Eigenschaften wieder allzu deutlich zutage getreten sind. Jedes Mal, wenn wir etwas Neues erleben oder etwas Unerwartetes sehen, muss er mir Vorträge halten, statt es einfach zu genießen. Ja, er verfügt über viel Wissen, aber über so viel auch wieder nicht. Soll ich ihm drohen, ich würde ihn verlassen, oder mich mit meinem Schicksal abfinden? Abgesehen von diesem unerfreulichen Charakterzug war er immer ein lieber Mann und guter Vater.

Erschöpfte Grüße von der Frau des Korinthenkackers

Liebe Korinthenkackergattin,

zwar kenne ich deinen Mann nicht, und kein Korinthenkacker
ist wie der andere. Dennoch würde ich die Behauptung wagen,
dass du mit einem Faktenhuber zusammenlebst, genau wie ich.
Dieses uralte Charakterbild lässt sich als Freude an der oder Begeisterung für die Wahrheit übersetzen. Meinem Freund bereitet
es regelrechte Übelkeit, wenn ich zu Verallgemeinerungen oder
Vereinfachungen greife, dabei ist das doch nur ein unschuldiger
Versuch, mir einen Überblick im Leben zu verschaffen. Dann
schaut er mich traurig an und teilt mir mit, das Dasein sei dann
doch etwas komplexer. Wir haben darüber gesprochen, dass ich
nicht unablässig korrigiert werden mag. Als Partnerin musst du
begreifen, dass Faktenhuber nichts dafür können. Sie mögen
tatsächlich verbohrt wirken, aber dieses Urteil trifft daneben.
Faktenhubern geht es nicht ums Rechthaben, sie haben einfach
ein Liebesverhältnis zu Fakten. Genauigkeit ist ihr Lebensziel.
Eigentlich dürften sie nur mit Gleichgesinnten die Ehe eingehen
oder mit jemandem, der ihr Weltwissen zu würdigen weiß. Das
Unglück passiert, wenn sie mit Gefühlshubern zusammenleben,
also zum Beispiel mit mir, vielleicht auch mit dir. Ich hege eine
große Zuneigung zu Gefühlen und finde, dass man sie ohne Wei-
teres wie Fakten behandeln kann. Liebe Korinthenkackergattin.
Sieh doch auch mal die Komik der Situation, vielleicht hilft das.
Mir ist aufgefallen, dass mein Freund immer anfängt, mit den
Füßen zu zucken, wenn ich übertreibe oder eine Anekdote un-
genau wiedergebe. Wenn mich niemand korrigiert, wird das
Zucken allmählich heftiger, erreicht die Knie, ergreift die Ober-
schenkel. Irgendwann zucken sogar seine Schultern, und sein
Kopf bewegt sich unwillkürlich hin und her, so unwiderstehlich
ist der Drang. Irgendwann ruft mein Liebster, nein, nein, so war

das nicht. Und sofort entspannt sich seine gesamte Muskulatur, sein Körper beruhigt sich und erschlafft wie nach einem besonders intensiven Orgasmus. Wenn ich mich über ihn geärgert habe, mache ich mir einen Spaß daraus, meinen Freund zum Wahnsinn zu treiben. Es ist eine Überlebensstrategie, und es ist mein gutes Recht. Ich singe ein Lied, das er kennt, ersetze dabei ein kleines Wörtchen durch ein anderes, das fast passt, aber ein bisschen daneben ist. Alle meine Gänschen, singe ich, mein Sohn klatscht mit, mein Liebster blickt betrübt aus dem Fenster, und mir fällt auf, dass er später am Tag eine Sammlung Kinderlieder aus dem Netz downloadet. Schwer zu sagen, ob das ein stummer Tadel sein soll oder ob er einfach nur das Wort Entchen hören muss, damit er heute Nacht einschlafen kann. Kurz bevor er ins Reich der Träume entschwindet, murmele ich wie im Halbschlaf, das Buch von Robert Bolaño, das ich gerade lese, ist wirklich gut. Mein Liebster steht auf, hellwach jetzt, und schleicht auf die Toilette. Roberto, flüstert er seinem Spiegelbild zu, RobertO.

Herzlichen Gruß, der Kummerkasten

Die Kita-Kinder sitzen auf einer Bank in Maj-Britts Garten und essen Apfelschnitze. Wie schaffst du das nur, frage ich. Was denn, fragt Maj-Britt. Dass die immer so gute Laune haben, ich deute auf Vellings Zukunft. Die fünf Kinder sitzen mucksmäuschenstill da, blonde Locken und blaue Augen, wie auf dem Titelblatt einer Broschüre über die Hitlerjugend Wir machen Ausflüge und essen viel, sagt Maj-Britt. Sie reicht mir ein laminiertes Blatt Papier und sagt, im Kinder- und Jugendbereich gebe es eine neue Maßnahme. Das Blatt ist mit Schmetterlingen und Blumen bedruckt, in der Mitte befindet sich ein Foto von meinem Sohn, der mit offenem Mund auf dem Rasen sitzt. Er sieht aus, als wäre er gerade vom Himmel gefallen. Dem Text entnehme ich, dass mein Sohn als Kind der Samtgemeinde Ringkøbing-Skjern, auch genannt *Reich der Natur,* ein breites Wissen bezüglich der Insekten des Alltags inklusive kleiner und mittelgroßer Käfer erworben hat. Jetzt seid ihr die Eltern eines zertifizierten Naturkinds, steht mit großen Buchstaben darüber. Von ihrer Kinderschar umgeben, kommt Nors Mutter in den Garten. Stattliche Produktion, sage ich. Nors Mutter erzählt, dass sie eine Metzgerei haben und sie einfach irgendwas brauchte, das in eine ganz andere Richtung geht, damit das Leben nicht nur aus Schweinebraten besteht. Meine Herren, was für ein Wind, sagt sie und hockt sich vor ihren Sohn. Wow, sage ich, deine Haare wehen so toll. Danke, gleichfalls, sagt Nors Mutter. Und dass du sie immer so schön zurechtmachst, sage ich. Davon hat man ja keine Ahnung, wenn du sie immer zu diesem französischen Zopf flichst. Nors Mutter sagt, der ist praktisch, weil sie in ihrer Freizeit reitet. Sie hat zwei Stuten auf einer Weide bei Spjald stehen. Ich rede über die Wendy-Hefte, die ich meine ganze Kindheit über gelesen habe. Ich versuche, mich an ein paar Pferderassen zu erinnern. Nors Mutter hat Araberpferde. Da weiß man, was man hat, sage ich. Nicht wahr, sagt Nors Mutter und fragt, ob ich selbst ein Pferd gehabt hätte. Ich sage, mich hätte vor allem Wendy als Person interessiert, die Pferde hätte ich so mitgenommen. Klingt ein bisschen schwachsinnig, das über eine Comicfigur zu sagen, sage ich, aber ich hab Wendy wirklich wahnsinnig sexy gefunden. Vielleicht war ich sogar ein bisschen scharf, sage ich, also nicht auf die Pferde. Ich lache laut und sage, bei Sex mit Tieren habe ich immer eine Grenze gezogen. Nors Mutter auch, sie findet diese ganzen Tierbordelle, die es jetzt angeblich überall gibt, eine Sauerei, manche Bauern sollen die offenbar bewusst als extra Einkommensquelle nutzen, wenn die Ernte schlecht war. Aber denkst du, die Tiere kriegen das mit, frage ich. Mein zertifiziertes Naturkind zerrt mich am Ärmel und deutet auf das Gartentor.

Ich klopfe an die Tür von Sebastians Überaum und gehe rein. Er hat das Geräusch zweier Scheiben Brot aufgenommen, die aus einem Toaster hüpfen, und es mit Mülltüten kombiniert, die einen Schacht hinunterpurzeln. Jetzt spielt er beides in schnellem Tempo hintereinander ab. Er erklärt, das sei ein Kommentar zur Verschwendung von Nahrungsmitteln und generell zur Konsumgesellschaft. Wie geht es dem Anhang, erkundigt er sich. Tja, der hängt da und baumelt etwas riskant, sage ich und erzähle vom letzten Samstag. Ausnahmsweise schlief unser Sohn mal. Wir saßen im Garten, Decken um die Schultern, und tranken Schaumwein, erzähle ich, wir hatten, was man *a moment* nennt. Wir teilten uns eine Zigarette, die Sterne traten allmählich aus der Dämmerung hervor, unser Gespräch war unbeschwert, kurz, voll die Hygge. Und aus heiterem Himmel kam plötzlich eine Schülerin angerannt. Wie ein eifriger Langstreckenläufer oder ein neurotischer Make-up-Künstler, dem der Eyeliner schief geraten ist. Aber es war Emma. Schluchzend. Warum schluchzen die immer gleich so, fragt Sebastian, ich zucke mit den Schultern. Ich muss mit dir reden, sagte Emma zu meinem Liebsten. Die Schüler sind restlos davon überzeugt, dass die Lehrer ihnen persönlich gehören, eine Haltung, die von den meisten Angestellten nicht weiter problematisiert wird. Innerhalb ihrer Fächer sind die Lehrer Idole, leuchtende Sterne am kleinen Volkshochschulhimmel. Du stehst auf unserer Terrasse, das hier ist Privatgelände, sagte ich. Emma bremste jäh unter der Wäscheleine und starrte mich wütend an. Du, es passt gerade nicht so gut, sagte mein Liebster. Emma sagte, es sei aber wichtig. Ich stand auf und holte die Telefonnummer der diensthabenden Lehrerin. Aber bei ihr fühlte Emma sich nicht so richtig sicher, die Tränen liefen ihr über die Wangen, und mein Liebster stand auf. Na, was ist denn, sagte er. Können wir ein bisschen gehen, flüsterte Emma, und er folgte ihr. Aha, ohne Anhang, sagt Sebastian. Ich nicke. Wie sich herausstellte, hatte Emma letzte Woche mit Frej Schluss gemacht und wurde jetzt von Schuldgefühlen zerfressen. Unterdessen hatte sie sich in Muhammed verliebt, der mit Petra zusammen war, Emmas Zimmergenossin. Ich könnte kotzen, sage ich. Mit gutem Grund, sagt Sebastian, den es ebenso wenig stört wie mich, dass unsere Gespräche hauptsächlich darin bestehen, einander in Meinungen zu bestärken, die wir ohnehin teilen. Wenn Sebastian und ich uns nur ein wenig zueinander hingezogen fühlen würden, müssten wir schon rein aus Prinzip eine Affäre anfangen. Aber wir sind ja nur zwei Anhängsel, sagt Sebastian, an wen sollten wir uns da hängen.

Lieber Kummerkasten,

ich bin im achten Monat schwanger, und finanziell steht es nicht zum Besten. Mein Mann und ich sind glücklich miteinander, wir haben beide kein Problem damit, uns einzuschränken, bis wir wieder feste Jobs haben. Wir kommen gerade so zurecht, aber jetzt haben wir von verschiedenen Seiten gehört, es könnte vernünftig sein, sich eine Waschmaschine anzuschaffen. Wir wohnen im ersten Stock in einem Wohnblock mit einer sehr guten Waschküche. Trotzdem hören wir immer wieder, es wäre Wahnsinn, ein Kind in die Welt zu setzen, ohne in den eigenen vier Wänden Wäsche waschen zu können. Ein paar von meinen Freundinnen sagen sogar, ohne Waschmaschine kann man kein Kind kriegen. Oder kann man doch?

Mit freundlichen Grüßen, eine Schwangere

Liebe Schwangere,

herzlichen Glückwunsch und alles Gute für euch und euer Kind, und herzlich willkommen im Chor der flüsternden Kleinkindereltern. Ist dir schon mal aufgefallen, dass die Leute die Stimme senken, wenn sie über Säuglinge sprechen. Als ob es um ein intimes Geheimnis ginge, das man da mitteilt, eine Vertraulichkeit für einen ganz exklusiven Kreis. Dieses Flüstern fiel mir zum ersten Mal auf, da war mein Sohn vier Wochen alt, und ich war achtzehn Stunden pro Tag am Stillen. Ich glaube, meine Brüste fallen gleich ab, sagte ich, vielleicht brauchen die mal ein bisschen Pause. Stillhütchen, flüsterten die Stimmen, als würden sie etwas Unanständiges zu meinen zerschlissenen Brüsten sagen. Ideal sind die zwar nicht, sagten sie, aber doch viel besser als das Fläschchen, denn das Fläschchen ist der Teufel, und Stillen ist Gott. Dieselbe todernste Tonlage ein paar Monate später wieder, als das Gespräch auf Breichen kam. Unbedingt Hirse, kein Hafer, flüsterten sie, sonst machst du sein Bäuchlein kaputt. Gestern hatte ich meinen Nachbarn zu Besuch, seine kleine Tochter zerlegte systematisch mein Wohnzimmer. Sie zahnt, flüsterte er, als müsste er befürchten, den kleinen Zahn im Unterkiefer zu erschrecken, wenn er es zu laut sagte. Knäckebrot, leierte ich ungerührt in der zurückgenommenen Tonlage, die ich gelernt hatte, das massiert das Zahnfleisch. Sprießende Milchzähne sollen an allem Möglichen schuld sein. An Weinen, Schreien, schlechtem Schlaf, Fieber, rotem Popo, unberechenbarem Verhalten. Ich persönlich glaube nicht, dass Zähnekriegen so furchtbar wehtut. Ich glaube, es juckt ein bisschen, es fühlt sich ungewohnt im Mund an, aber Babys erleben alles zum ersten Mal, und ich möchte bezweifeln, dass Zähne so viel schlimmer sind als manch anderes. Eins dürfen wir unter keinen Umständen vergessen.

Niemand außer Babys weiß, wie es sich anfühlt, ein Baby zu sein. Wir können herumraten, wir können forschen, aber diejenigen, die es wissen, verfügen leider über keine Sprache. Jüngst brachte einer von meinen Freunden einen kreischpinken Lauflernwagen an, den er auf dem Flohmarkt geschossen hatte. Wir klappten ihn auf, stellten ihn mitten ins Zimmer und tauften ihn die Kaiserkutsche. Für meinen Sohn war es Liebe auf den ersten Blick, mit seligem Glucksen rannte er krachend gegen unsere Bücherregale. Schon ging das Geflüster los, das ist schlecht für seinen Rücken, mit dem Ding ruiniert er sich die Hüften. Ich weiß nicht, was die Leute denken. Dass wir unseren Sohn frühmorgens in der Kaiserkutsche anschnallen und ihn dann den lieben langen Tag allein darin sitzen lassen. Kein Mittagsschlaf, kein Gemüsebreichen, kein Ausflug zum Spielplatz. Eine Kollegin von meinem Freund sagt, die Kaiserkutsche sei vom Anfang der Neunziger, mit geschlossenen Augen meinte sie sich zu erinnern, die Marke wäre seinerzeit vom Markt genommen worden. Sie hat die Kaiserkutsche fotografiert und auf Facebook hochgeladen, begleitet von einem langen Text, mein Sohn starrte den Lauflernwagen erschrocken an und stellte sein Glucksen ein. Ich nahm ihn auf den Schoß und fütterte ihn mit kleinen Löffeln Rohkost mit Rosinen. Bloß nicht, die Kollegin meines Mannes zog schnell den Teller weg. Rohes Gemüse kann den Kleinen in die Lungen geraten, flüsterte sie, das geht erst ab drei Jahren. So ging eine Möhre verloren, aber immerhin wurde die Kaiserkutsche dank unserer schlechten Internetverbindung gerettet. Die Kollegin wollte der Sache zu Hause weiter nachgehen und dann eine Nachricht schicken, ob wir das Ding behalten dürfen. Zu jener Zeit war es, dass ich die Experten erfand. Sie tauchten auf wie kleine Helferlein, weil ich die ewigen Diskussionen mit den Leuten satthatte. Ich zitiere Kinderärzte, die es nicht gibt, führe Hausmittel ins Feld, die angeblich seit Generationen weitergegeben wurden. Oder ich behaupte, ich hätte mein Wissen aus einem Babyblog, den eine Mutter von fünf Kindern schreibt, oder aus anderen Artikeln über die kleinkindliche Entwicklung, die ich im Netz gefunden hätte. Neueste psychologische Studien beweisen, flüstere ich, oder ich raune, die Erfahrung deutet darauf hin. Liebe Schwangere. Es gibt so viele Wahrheiten. Findet einfach heraus, was zu euren Bedürfnissen passt. Man braucht keine Waschmaschine, um ein Kind in die Welt zu setzen, aber eine Kaiserkutsche solltest du dringend anschaffen. Sie muss hässlich sein und pink und dich daran erinnern, dass die Milchzähne eines schönen Tages ausfallen werden. Wie böse Zahnfeen rupfen wir sie aus dem blutigen Zahnfleisch, das kann ihnen dann eine Lehre sein.

Herzlichen Gruß, der Kummerkasten

Wildabend im Hotel Skjern. Die Jagdsaison hat begonnen, Krisser hat ein Thema erspäht. Als Flexbirgit uns mit ihrem Taxi abholt, steht die Schulleiterin in der Einfahrt, unseren Sohn auf dem Arm, und winkt uns nach. So, jetzt also Wild, sagt Krisser, als ich den Kopf zur Küchentür hineinstecke. Ich sehe in der Runde verschiedene tote Tiere, die für das Buffet fertig gemacht werden oder zurückkommen. Stockenten und Waldtauben, Hasen und Gänse, Damwild und Rotwild. Krisser fragt den Küchenchef, wo die Beilagen seien. Ist mein Hotel vielleicht eine Schlacht-bank, fragt Krisser, wirke ich, als ob ich etwas Ordinäres anbieten wollte. Vielleicht schon ein bisschen, sage ich, aber der Küchen-chef schüttelt den Kopf. Da ist doch Salat, sagt er, aber vergiss nicht, wir sind in Skjern. Die Küchenhilfe, die gerade Walnüsse über eine Platte mit grünen Salaten und Granatapfelkernen streut, arbeitet in Teilzeit als Diätassistentin. Aber Rucola, sagt Krisser, muss das sein. Die Frau findet, dass der Eisbergsalat sich durch seinen Siegeszug selbst beschädigt hat, und glaubt, dass die Leute so oder so ein Haar in der Suppe finden werden. Ich warne vor Suppenmetaphern im Zusammenhang mit Salatdiskussionen. Jetzt nicht, Krisser fährt mir horizontal über den Mund, als würde sie meine Lippen zusammenschweißen. Sie nimmt eine Handvoll Rucolablätter und betrachtet sie bekümmert. Sind wir etwa in den Neunzigern hängen geblieben, fragt sie, oder befinden wir uns nicht doch mittlerweile im einundzwanzigsten Jahrhundert. Der Küchenchef sagt, hier in Westjütland sind wir immer ein paar Jahre zurück, genauso wie bei den Filmen, bis die ins Kino kommen. Der Kochlehrling steht daneben und blickt konzen-triert in eine Bratpfanne. Du machst dich zum Sklaven deines Bratenthermometers, sagt Krisser und zieht das Teil aus einem Rollbraten heraus, bevor der Junge es hat ablesen können. Sie versteckt es hinter dem Rücken und schaut ihm in die Augen.

Hast du eine Freundin, fragt Krisser. Ja, sagt der Kochlehrling. Der Kühlschrank summt, auf dem Herd brodelt ein Topf Kartoffeln. Gut, sagt Krisser, wie lange seid ihr schon zusammen. Samstag elf Monate, sagt der Kochlehrling und nimmt seine Mütze ab, als stünde er Wache auf Schloss Amalienborg und solle die Königin grüßen. Glückwunsch, Krisser reicht ihm die Hand. Woher weißt du, ob es deiner Freundin gut geht, fragt sie. Das kann ich ihr anmerken, murmelt der Kochlehrling. Genau, Krisser wirft das Bratenthermometer in den Mülleimer. Behutsam legt sie dem Kochlehrling den Braten in die Hand. Er streichelt über die braune Oberfläche und blickt etwas verunsichert drein. Fass ordentlich zu, sagt Krisser, keine Frau der Welt mag so ein Gefummel. Jetzt knetet der junge Mann den Braten tüchtig durch. Vielen Dank, sagt Krisser, zu viel muss auch wieder nicht sein. Roh, trocken oder rosa, fragt Krisser. Rosa, flüstert der Kochlehrling und schneidet vorsichtig eine Scheibe ab. Gemeinsam studieren sie den Zustand des Fleisches. Na bitte, sagt Krisser und setzt ihm die Kochmütze wieder auf.

Sobald Pia und Maria uns platziert haben, reden wir nur noch über unseren Sohn. Wir rufen Bilder auf dem Telefon auf, machen seine Gesichtsausdrücke und Grimassen nach. Na, dann wollen wir mal, sagen wir, und ist das eine gute Pilzsauce. Versuchsweise reden wir langsam auch ein wenig über Bücher, als ob wir eine Sprache auffrischen wollten, die wir seit der Kindheit nicht mehr gesprochen haben. Seit unvordenklichen Zeiten ist keiner von uns beiden mehr zum Lesen gekommen, doch dann fällt meinem Freund ein kleiner Film ein, den er von unserem Sohn gemacht hat, als der zum ersten Mal eine Kuh zu Gesicht bekam. Wir schauen uns den Clip mehrmals an, führen den auch Pia vor, sie lacht und ruft Maria. Jetzt kommt das Beste, sagt mein Freund. Das Gesicht unseres Sohnes wandelt sich von tiefer Verwunderung zu lautem Jubel, denn die Kuh hebt den Schwanz und macht Muh. Eine Frau lehnt sich vom Nachbartisch herüber und fragt, ob das unser Erstes ist. Nach ein paar Minuten würde sie sich gern wieder ihrem Hasenragout zuwenden, aber zu spät. Während ich im schönsten Schwung bin, ihr die Persönlichkeit unseres ein Jahr alten Kindes zu erläutern, bemerke ich, wie sie auf einen toten Punkt über meiner Nasenwurzel starrt. Wir bezahlen rasch, und Flexbirgit fährt uns direkt zu Mylles hinüber, in die Kneipe. Mein Liebster holt Bier, ich übernehme die Jukebox und mache mir wie gewohnt Feinde, aber das kenne ich ja ich von meinem schlingernden Weg durchs Nachtleben. Ich spiele *Heimwärts nach Aarhus* und *Moonlight Shadow*. Danach sind *Ein bisschen Frieden* an der Reihe und *99 Luftballons*. Im Ernst jetzt, ruft ein Trupp Schüler von der Volkshochschule. Ihr seid doch gerade erst geboren worden, ihr habt keine Ahnung, was Musik ist. Sie mosern herum und ziehen Gesichter. Hört zu und lernt was, sage ich zur Jugend des Fjordes. Später wechseln wir an ihren Tisch und spielen ein Trinkspiel, jedes Mal, wenn wir unseren

Sohn erwähnen, müssen mein Liebster und ich einen Kurzen auf Ex trinken. Das ist eine üble Angewohnheit, die müsst ihr schleunigst ablegen, sagt ein Mädchen, das von den anderen Küken genannt wird. Ex, ex, ex, rufen die Schüler. Wir sind auf einmal die unfreiwilligen Passagiere in einer Zeitmaschine, die uns in den Nullerjahren ausspuckt. Wir haben unsere Klassenarbeiten noch von Hand geschrieben, sagt mein Liebster, und ich habe ein Wörterbuch mit Seiten aus Papier benutzt. Man hat überall rauchen dürfen, sage ich, und wenn wir uns eine Zigarette anzünden wollten, mussten wir zwei Holzstücke gegeneinander reiben. Als wir eine Runde für den Tisch holen, sagt Küken, sie finde uns sehr jugendlich. Wenn ich es nicht besser wüsste, würde ich dich auf höchstens achtundzwanzig schätzen, und sie lächelt mich an, als ob sie mir vier Lebensjahre geschenkt hätte. Zu Schlumpfliedern und Britney Spears schreitet die Nacht fort. *Hit me, baby, one more time,* singen wir, während wir an den dunklen Wiesen entlang heimwärts wackeln. Geräuschvoll schleichen wir ins Haus und machen die Wohnzimmertür auf. Auf dem Sofa liegen eine schlafende Schulleiterin und ein schlafendes Kind. Das ist ja wild, sagt mein Liebster. Total, total wild, sage ich.

Lieber Kummerkasten,

offen gesagt, finde ich deinen Ton ziemlich arrogant und außerdem unangemessen. Du äußerst dich zu Themen, von denen du ganz offenbar nichts verstehst, und verhöhnst Leute, die mit der Materie vertraut sind. Als Kinderkrankenschwester arbeite ich viel mit Kleinkindern. Ich sehe mich veranlasst, deine Sicht auf den »Lauflernstuhl« und manches andere zu korrigieren. Für das Wohlbefinden des kleinen Kindes ist es absolut entscheidend, dass es nicht versucht zu gehen, bevor sein Nervensystem dafür bereit ist. Außerdem birgt der sogenannte »Lauflernstuhl« ein hohes Risiko dafür, einen Gleitwirbel zu entwickeln, da die untersten Wirbel des Kindes noch nicht zusammengewachsen sind. Die größte Gefahr des »Lauflernstuhls« besteht aber in den unwiderruflichen Folgen für das Überkreuzkrabbeln und das Kriech-Krabbel-Stadium überhaupt. Nicht ohne Grund rät das Gesundheitsministerium vom »Lauflernstuhl« ab. Außerdem ist kein Milchzahn wie der andere. Es ist hinlänglich bewiesen, dass der Durchbruch neuer Zähne lokale Entzündungsprozesse auslöst und dass Bakterien aus der Mundhöhle in die dadurch entstehende Wunde eindringen und Symptome wie Schlaflosigkeit, Durchfall oder einen roten Po bewirken können. Lieber Kummerkasten. Ich gebe gern zu, dass sich am »Lauflernstuhl« die Geister scheiden und sich durchaus Fachleute auftreiben lassen, die in ihm einen nützlichen Beitrag zur motorischen Entwicklung des Kleinkinds sehen. Dennoch solltest du dir dessen bewusst sein, dass die meisten Fachleute in der Branche ihn ebenso verwerfen wie den »Türhopser«, der ebenfalls im Verdacht steht, die normale Entwicklung zu verzögern. Die meisten Pflegenden verurteilen den »Lauflernstuhl« einhellig als schädlich für den Sinnesapparat, auch weil er dem Kind ein verfälschtes Bild von der Wirklichkeit gibt.

Freundliche Grüße, Kirsten

Liebe Kirsten,

danke für deine Zuschrift. Deine Meinungen nehme ich zur Kenntnis und gebe sie weiter. Ich arbeite täglich an meiner Arroganz, die ich ebenfalls nicht gerade als Zierde meiner Persönlichkeit empfinde. Deine Sicht der Dinge ist also angekommen, aber dein Ton gefällt mir nicht.

Herzlichen Gruß, der Kummerkasten

Gib Gas, gib Gas, gib Gas, ruft Mona, du musst auf achtzig hoch. Mein Fuß zittert auf dem Gaspedal, seltsam flimmernd huscht Velling vorüber, Fjord und Himmel fließen ineinander, ich schwitze am ganzen Körper. Da, Gegenverkehr – ich lenke dicht an den Straßengraben heran. Bleib in der Spur, es ist genug Platz für alle da, zischt Mona, und dann Vollgas. Mona hat die Zahl ihrer Zigaretten drastisch reduziert, jetzt raucht sie E-Zigarette als Surrogat. Kupplung, fünfter Gang, sagt Mona, hör auf den Motor. Sie fragt, ob ich denn nicht höre, dass ich schalten muss. Ich schüttele den Kopf, sie seufzt. Nach rechts blinken, kuppeln, zweiter Gang, Mona nimmt ein Bonbon. Klopfenden Herzens biege ich in die Fußgängerzone ein. Schön langsam, Dolph, sagt Mona, zwanzig km/h hier, immer mit der Ruhe. Die Sonne scheint auf die Bevölkerung von Ringkøbing, unbeschwert und gedankenfrei gehen die Leute umeinander herum. Ich hingegen leide Todesängste um jeden Einzelnen, um ihre Klappkinderwagen und Rollschuhe, Laufräder, Stöcke und Rollatoren. Du fährst acht Stundenkilometer, sagt Mona. Durch das Fenster vom Italia sehe ich Anders Agger neben einem jungen Mann an einem Tisch sitzen und reiße die Handbremse hoch. Mona schießt auf ihrem Sitz nach vorn und stößt einen Schrei aus. Mein Blutzucker, sage ich, der ist total runter. Wir setzen uns ins Restaurant und bestellen zwei Pizza Hawaii. Ohne Fraß kein Spaß, sagt Mona, sie trinkt einen Schluck Cola. Ich starre hinüber, um herauszufinden, was für eine Pizza Anders Agger bestellt hat. Du siehst aus wie Braunbier mit Spucke, sagt Mona, schläft er immer noch nicht. Ich schüttele den Kopf. Sieht aus wie Nummer 91 mit Tiger Prawns, ich überlege, was das möglicherweise über Anders Aggers Persönlichkeit verrät. Mona sagt, der steht mit beiden Beinen im Leben, sie hat seine Tochter durch die Führerscheinprüfung gebracht, ganz ohne. Ohne was, frage ich.

Ohne Gedöns, sagt Mona. Als ich zur Toilette gehe, kriege ich Blickkontakt mit Anders Agger, er merkt auf. Na, Zeit für Pizza, sage ich laut, die Welt ist klein. So klein auch wieder nicht, sagt Anders Agger, und ich finde auch, dass er müde aussieht.

Du bist ja regelrecht in Krisser verliebt, sagt meine Mutter am Telefon, sie wieder mit ihrem unschlagbaren Talent, Sachen zu sagen, die zugleich absolut zutreffen und restlos falsch sind. Ich sitze im Hotel im Büro und warte, dass Krisser ihre Tasche findet, E-Mails checkt und den Anrufbeantworter abhört. Bist du so weit, sagt Krisser, als ob sie auf mich warten würde. Wir gehen in den Weinkeller runter, wo Krissers Schwiegervater auf ihre Bitte hin zwei Lehnstühle hingestellt hat. Es war für Krisser ein harter Tag, sie hat ordentlich viel gute Ratschläge bekommen. Da die meisten Leute irgendwann mal in einem Hotel übernachtet haben, halten sie sich samt und sonders für Experten. Ein Mitbürger aus Skjern hat sie auf der Straße angehalten und gesagt, sie solle mal besser nicht mit Kanonen auf Spatzen schießen. Die Leute wollten einfach nur Tarteletten, die sind wieder in, hat er gesagt. Krisser hatte gerade den *Ulysses* ausgelesen und überlegt, ob sie am 16. Juni im Hotelrestaurant einen Thementag veranstalten soll, mit in Butter gebratenen Nierchen und irischen Flaggen. Das hat sie dem Restaurantchef vorgetragen, der sie daraufhin mit einem langen Blick bedachte und sagte, Herr und Frau Skjern wollten so was nicht. Ich kann auch einfach nur ein All-you-can-eat-Buffet hinklotzen, ruft Krisser, eimerweise dicke braune Soße, zu Tode gekochte Kartoffeln, misshandelte Tiere, neunundneunzig Kronen pro Nase. Als ob der Job als Hoteldirektorin nicht mühsam genug wäre, hilft ihr Aussehen ihr auch nicht gerade. Meine Grübchen sind mein Verderben, sagt Krisser, ich sehe aus wie ein kleines Mädchen. Mit denen hier sowieso, sie zieht an einer von ihren braunen Locken. Wenigstens keine Allerweltsfarbe, ich schüttele mein dunkelblondes Haar. Ja, die Missionarsstellung unter den Haarfarben, sagt Krisser. Neulich ist ein Vertreter ins Hotel gekommen, sie stand gerade an der Rezeption, er grüßte freundlich und sagte, könnte ich bitte den Direktor sprechen. Ich bin die Direktorin, sagte Krisser. Der Mann lachte herzlich und wiederholte die Frage, sie wiederholte die Antwort, und so ging das einige Zeit hin und her. Krisser macht eine Flasche Wein auf, die sie gerade von einem neuen Lieferanten in Verona bekommen haben. Sie möchte gern etwas Kultur nach Skjern bringen, sie findet, Sebastian und ich sollten unsere nachgedichteten Volkshochschullieder bei ihr aufführen. Solche Ideen bilden sich wie von selbst in Krissers Gedanken und lassen sich willig modellieren, und ich komme mir vor wie ein Klumpen Zauberknete in ihren Händen.

Krissers Lied

Trinklied // Feierlied

Singbar auf die Melodie von: *It don't mean a thing*
(Komp.: Duke Ellington)

Gemeinsam im Rausch
Ist kein ganz schlechter Tausch
Doo-wah-doo-wah-doo-wah-doo-wah
Doo-wah-doo-wah-doo-wah-doo-wah
Der Alltag fällt aus
Haus und Kind und Mann und Maus
Doo-wah-doo-wah-doo-wah-doo-wah
Doo-wah-doo-wah-doo-wah-doo-wah
Wir rauchen sogar, eins vor Wohnungsbrand
Komplett vernebelt ist unser Verstand
Noch ein Bier, noch ein Plausch
Wir sind gemeinsam im Rausch
Doo-wah-doo-wah-doo-wah-doo-wah
Doo-wah-doo-wah-doo-wah-doo-wah

Ich hab ein Hotel
Überfordert ist man schnell
Doo-wah-doo-wah-doo-wah-doo-wah
Doo-wah-doo-wah-doo-wah-doo-wah
Du spendest mir Trost
Beste Freundin, darauf Prost!
Doo-wah-doo-wah-doo-wah-doo-wah
Doo-wah-doo-wah-doo-wah-doo-wah
Budget und Steuern und der ganze Mist
Du ahnst es nicht, wie stressig all das ist!

Zu vulgär ist die Welt
Für mein traumhaftes Hotel!
Doo-wah-doo-wah-doo-wah-doo-wah
Doo-wah-doo-wah-doo-wah-doo-wah

Starke Frau'n wie wir zwei
Teilen Kampf und Feierei
Doo-wah-doo-wah-doo-wah-doo-wah
Doo-wah-doo-wah-doo-wah-doo-wah
Dein Traum ist so schlank
Wie deine Schulden bei der Bank
Doo-wah-doo-wah-doo-wah-doo-wah
Doo-wah-doo-wah-doo-wah-doo-wah
Dein Herz ist groß, dein Wille macht sie platt
Mit dem Hotel eroberst du die Stadt!
Oh, die Nacht ist vorbei
Noch ein Bier und dann Good-bye!
Doo-wah-doo-wah-doo-wah-doo-wah
Doo-wah-doo-wah-doo-wah-doo-wah

Die Dünen sausen an meinen Blicken vorbei, an den Rändern meines Gesichtsfelds ragen die Windräder wie Hindernisse auf. Blinken und abbiegen, sagt Mona, das hier ist schließlich kein Karussell. Nach rechts oder links, rufe ich, ans Lenkrad geklammert. Nach rechts, wohin sonst, sagt Mona, das ist ein Kreisverkehr. Mit hochgezogenen Augenbrauen schaut sie mich an und dirigiert mich an den Straßenrand. Ich kann gerade noch die Tür aufreißen, dann kotze ich auf den nassen Asphalt. Mona gibt mir eine Serviette, ich wische mir den Mund ab, ich finde es demütigend, dass ich reisekrank werde, wenn ich selbst fahre. Statistisch ist Hvide Sande die dänische Stadt mit den meisten Kreisverkehren pro Einwohner, sagt Mona, gemäß Straßenverkehrsordnung darf man nur einmal rundherum fahren, es sei denn, man hat vergessen abzubiegen, natürlich. Warum denn, frage ich. Na, weil die Leute sonst nichts anderes mehr machen würden, sagt Mona mit einem Blick in den Rückspiegel. Sie hat ihre Teenagerjahre damit verbracht, Dosenbier zu trinken und in Hvide Sande herumzufahren. Entweder Gott oder Fisch oder Kreisverkehr, was anderes gab es nicht, sagt Mona. Ich frage sie, ob sie das nicht irgendwann angekotzt hat. Schon, ja, sagt sie, das war schon bisschen. Bisschen was, frage ich. Öde, sagt Mona. Wir fahren weiter, am Denkmal für die ertrunkenen Seenotretter biegen wir ab. Tempo halten, ruft Mona, Sätze vollenden, sage ich, mit dir kann man sich unmöglich unterhalten. Ich frage, wie ich hier in der Gegend jemals wen kennenlernen soll, wenn sämtliche Gespräche schon wieder vorbei sind, bevor sie richtig begonnen haben. Mona lässt ihr Fenster runter und zündet sich eine Zigarette an. Erzähl mal was von dir selbst, sage ich. Ihr Freund ist Kinderzahnarzt in Rindum und und hat einen totalen Fimmel in Sachen Mundhygiene. Morgens und abends fuhrwerkt er sich unermüdlich mit irgendwelchen merkwürdig konstruierten Plastikstäbchen im Mund herum, danach gibt es Zahnseide, mindestens zwei mal zwei Minuten. Sämtliche Schwarzbrotreste müssen raus, sagt Mona, Reiskörner, Fleischfasern, Himbeerkerne. Und dann Zendium-Zahncreme. Ich hasse die. Kein Schaum, keine kleinen, steinharten Explosionen am Gaumen, nichts als dünne weiße Flüssigkeit im Mund. Genau, sagt Mona, sie ist auch ein Colgate-Mädchen. Und wie ist er sonst so, frage ich. Klar und geradeaus, sagt Mona, ohne irgendwelchen. Irgendwelchen was, frage ich. Scheiß, sagt Mona.

Lieber Kummerkasten,

ich bin dreiundvierzig Lenze jung, fühle mich als attraktive Frau, sehe mich aber einer großen Herausforderung gegenüber. Seit vielen Jahren suche ich unermüdlich denjenigen, der mein Ein und Alles sein könnte, das ist mein größter Herzenswunsch. Anfangs lässt es sich immer gut an, aber ich habe schon so viel Untreue und Lügen erleben müssen. Wie kann ich solche Männer durchschauen, möglichst gleich beim ersten Date, damit ich nicht wieder verletzt werde?

Mit freundlichen Grüßen, ein Opfer

Liebe Naive,

frag dich nicht, wen du heiraten würdest, frage dich, von wem du dir vorstellen könntest, geschieden zu werden. Ich denke an das ganze Package: zerstörte Träume, Paartherapie, Umzugskartons, Familiengericht, bestenfalls ein schneller Klick auf die Bürgerseite im Netz. Würde er sagen, ja, nimm du ruhig das Sofa, das hat dir immer so gefallen, oder fällt er wütend mit der Kettensäge darüber her. Lässt er die Kinder in zwei Reihen antreten und besteht darauf, als erster zu wählen. Zu was für einer Anekdote wird er dich machen. Wird er eure guten Jahre in Frieden lassen, oder bist du nur noch die blöde Ex, über die sie laut lachen, wenn sie im Doppelbett Rührei mit Speck essen, umgeben von großäugigen Patchworkkindern. Du kannst die Leute nicht danach beurteilen, wie sie dich bei einem Date behandeln, da zeigt sich jeder von der Schokoladenseite. Zugleich gibt es eine ganz einfache Methode, ihn bei der Gelegenheit einzuschätzen. Wie behandelt dein Date andere Menschen. Macht er Scherze auf Kosten des Kellners, ist er arrogant, schlägt er einen anderen Ton an, wenn er bestellt. Vermeidet er Blickkontakt und behandelt den Kellner wie ein Mikrofon, in das er spricht, wie eine Röhre, die in die Küche führt und aus der ansprechend hergerichtete Teller kommen. Spricht er mit dem Taxifahrer wie mit einem Navigationsgerät, dem man die Heimatadresse diktiert. Oder lächelt er kurz, aber freundlich, wenn er sagt, wo er wohnt. Ich rede gar nicht von üppigem Trinkgeld, langen, vertrauensvollen Gesprächen während des Weges durch die Stadt, ganz normale Höflichkeit genügt vollkommen, fünfzig Kronen auf dem Tischtuch, wenn ihr geht. Liebe Naive. Beobachte das Verhalten von deinem Date gegenüber den Angehörigen der Dienstleistungsbranche. Darin liegt der Schlüssel zu seiner wirklichen Natur. Damit beginnt und endet alles. Mit dem Taxifahrer und dem Kellner. Vergiss die Hochzeit, bedenke die Scheidung.

Herzlichen Gruß, der Kummerkasten

Vor lauter Schlafentzug haben mein Freund und ich fast Halluzinationen. Fragt uns jemand, wie es uns geht, setzen wir mit weit aufgerissenen Augen zu einer relativ detailgenauen Schilderung der Nacht an. Egal, was gerade Thema ist, wir drehen es so, dass es nur noch um Schlaf geht. Kein Schlafmuster ähnelt dem anderen, sagt die Säuglingspflegerin, als wir sie anrufen. Ich kann nicht mehr buchstabieren, auf einmal weiß ich nicht mal mehr, wie die einfachsten Wörter geschrieben werden. Wenn mein Sohn endlich schläft, träume ich, dass er aufwacht, und stürze mit Herzrasen an sein Gitterbettchen. Ich bewege mich wie eine Schlafwandlerin und schrecke beim geringsten Geräusch zusammen, da ich befürchte, dass die Welt über mir zusammenbricht. Ich wende mich ratsuchend an die Schulleiterin, sie hat zwei erwachsene Töchter. Wir wandern zwischen den Wiesen von Røde Bro umher, der Wind fährt uns durchs Haar. Sie sagt, damals war eine andere Zeit. Viele Schwangere rauchten, es gab keine Babyfone, Kinder gehörten einfach ganz natürlich zum Leben mit dazu. Abends stellte sie im Vortragssaal zwei Stühle zusammen, und auf denen schliefen die Mädchen dann zu den Klängen von Musik und Tanz. Das ist dreißig Jahre her, sage ich, vielleicht hast du irgendwelche Details vergessen. Nein, das glaubt die Schulleiterin nicht, sie hat seit jeher ein ausgezeichnetes Gedächtnis. Ich will wissen, ob sie denkt, dass die antiautoritäre Erziehung die neurotischen Kleinkindereltern hervorgebracht hat, die sie heute überall sieht. Die Schulleiterin sagt, jede Generation geht auf ihre eigene Weise mit den Dingen um, und so ist es ja auch richtig. Stell dir vor, wir würden in der Steinzeit leben, sage ich und wippe den Kinderwagen auf und ab, ich versuche, ihn über den unebenen Randstreifen zu rollen, damit er möglichst viel wackelt. Mein Sohn schließt kurz die Augen, reißt sie aber augenblicklich wieder auf, als ich zu wippen aufhöre. Die Schulleiterin sagt, dann wären mein Liebster und ich wahrscheinlich von unserem Stamm verlassen worden und würden allein dastehen mit einem kreischenden Kind, das die wilden Tiere anlockt. Vor ein paar Wochen hat sie uns zum Abendessen eingeladen, als die Schule von ein paar bildenden Künstlern aus Island Besuch bekam. Ihr Mann hat ein fünfgängiges Menü zubereitet und Kerzen hingestellt. Ich versuchte, mir eine Mascarabürste zwischen die Augenlider zu klemmen, mein Freund ging ins Bad. Unser Sohn saß lächelnd auf meinem Arm, deutlich von einem dekorativen Salat fasziniert. Ach, was ist er nur süß, sagte einer von den Gästen. Nein, sagten mein Freund und ich unisono. Das sollte wie verabredet wirken, aber ich glaube, wir waren beide überrascht, wie bitter es klang. Trotzdem konnten wir nicht aufhören. Machten Witze, von wegen ihn zur Adoption freizugeben oder ihm irgendwo in Velling eine nette Pflegefamilie zu suchen, wir lachten laut und schrill, das bemerkte ich durchaus, aber aufhören konnte ich nicht. Den ganzen Abend lang lenkten wir alle Themen auf Schlaf um, und das war schon eine Meisterleistung, denn die Gäste interessierten sich sehr für sämtliche Aspekte der dänischen Gesellschaft. Nach einer längeren Abwägung, inwieweit unsere hellen Gardinen schuld sein könnten, eventuell auch Magen-Darm-Probleme, oder ob der Lärm von der Landstraße eine Rolle spielen mochte, fiel uns auf, dass alle verstummt waren. Wenn wir ihn wenigstens dazu bringen könnten, den Schnuller anzunehmen, murmelte mein Liebster. Stumme Ermattung lag über den sechs Gesichtern, die Schulleiterin goss Wein in hohe Gläser und bedachte ihre Gäste mit einem entschuldigenden Lächeln. Ich blickte meinem Liebsten in die Augen. In dieser Sekunde waren wir die einzigen Menschen auf der weiten Welt, aber es war nicht wie seinerzeit, als wir uns ineinander verliebten. Sondern da waren zwei Personen, denen im selben Moment auffiel, dass sie schwer krank waren und sie möglichst schnell eingesperrt gehörten, bevor sie andere anstecken konnten. Im Eingangsflur legten wir unseren Sohn in den Kinderwagen und falteten die Wickeltasche zusammen. Wir hörten, wie das Gespräch langsam wieder in Gang kam, und erst, als ich lautes Lachen hörte, fiel mir auf, dass in unserer Gegenwart kein Mensch mehr lachte. Die Gutenachtlieder hatten an jenem Abend einen aggressiven Beiklang, die Pulsfrequenz stieg, wir reichten uns unseren Sohn hin und her wie einen Pokal, den niemand so recht entgegennehmen will. Unser Gegoogel erreichte neue Gipfel der Verzweiflung, es fing an mit: Wie bringt man ein Kleinkind zum Schlafen, und endete lange nach Mitternacht mit: Wie früh sind Persönlichkeitsstörungen erkennbar. Wir tauschten offenherzig unsere Rachefantasien aus. Wie wir in sechzehn Jahren unseren Sohn mit großen Gongschlägen wecken würden, wenn er einen Rausch ausschlief. Wie wir im ganzen Haus Trompete spielen würden, nachdem er die ganze Nacht gegamt und Cheese Puffs gegessen hatte. In einem Aufblitzen reiner Bosheit wünschten wir ihm ein gesundes, schönes Kind, das nie schlief. Wenn er dereinst begreift, was er uns angetan hat, und anruft, um sich zu entschuldigen, werden wir tief Luft holen und sagen, oh, diese Nächte, das ist ja so lange her. Wir werden Großmut an den Tag legen, klarmachen, dass wir keinen Groll hegen, aber auch, dass wir uns ein ziemlich bequemes Alter wünschen würden. Häufige Besuche im Pflegeheim und Souvenirs von allen Reisen. Ein weiches Bett, wenn es soweit ist, leise Lieder und unbedingte Liebe, bis wir selber die Augen schließen.

Ich sitze hinter dem Lenkrad und blicke durch die Windschutzscheibe, dazu höre ich eine Sendung über die Geschichte des Jazz. Auf der Rückbank sitzt ein großes Stoffkaninchen, dessen Glasaugen mir im Nacken ein unangenehmes Piksen verursachen. Ich schaue in ein Haus, wohl in die Küche. Eine Gestalt steht auf und geht herum, greift nach oben in ein Regal, gießt etwas von einem Gefäß in ein anderes, ich kann nicht sehen, was. Jetzt haben wir Blickkontakt durch die zwei Scheiben. Ich steige aus und wedele mit den Armen, deute auf das Auto und vollführe schicksalsergebene Gesten gen Himmel. Anders Agger kommt heraus. Es ist einfach stehen geblieben, sage ich, meine Stimme klingt mir fremd. Aha, sagt er und setzt sich ins Auto. Anders Agger dreht den Zündschlüssel um und schaut auf die Instrumententafel. Er deutet auf ein Kontrolllämpchen, vielleicht liegt es daran, dass die Batterie entladen ist. Ach, verflixt, sage ich, ich habe wohl vergessen, das Licht auszumachen, als ich zum Telefonieren angehalten habe. Ich sage, ich hätte den Führerschein so gut wie in der Tasche, manchmal führe ich zur Übung ein bisschen über die stillen Straßen. Langsam nickend steigt er aus. Mit anderen Worten, sage ich, ich bin nicht irgend so eine kranke Stalkerin. Und was bist du dann, fragt Anders Agger. Der Kies knirscht unter meinen Füßen, ich zucke mit den Schultern. Hast du vielleicht eine Idee für eine Sendung, fragt Anders Agger, er wird häufig von Leuten aufgesucht, denen es wichtig wäre, ein bestimmtes Thema zu beleuchten. Ich schüttele den Kopf, ich bin doch nur eine Zugezogene und finde es schwierig, mit der lokalen Bevölkerung zu reden. Anders Agger räumt ein, es sei nicht immer leicht mit dem Flow hier, immerhin könne er anders als andere Leute die Pausen aus seinen Sendungen rausschneiden. Ganz schön billiger Trick, sage ich und wende ein, so zeichnest du ja ein ziemlich verfälschtes Bild von der Wirklichkeit. Ehrlich gesagt, finde ich, die Leute in West-jütland haben ein gleichgültiges Verhältnis zur Kommunikation, sage ich. Jedenfalls ein anderes als du, sagt Anders Agger. Sogar die Städte fassen sich kurz, sage ich, Tim, Hee, Noe, Bur, Lem, Spjald, Tarm. Vemb, Asp, Tvis, Skjern, sagt Anders Agger und klopft im Rhythmus mit dem Finger auf das Autodach. Weißt du, in Velling arbeiten die meisten Leute mit Wind, Land oder Tieren, die Natur ist sprachlos, und so was ist ansteckend, wenn man hier wohnt. Der Fjord lässt sich nicht übersetzen, sagt Anders Agger, er liegt einfach nur da. Für ihn ist das mit Liebe vergleich-bar, Leute, die die Liebe erklären wollen, verirren sich in einem Dschungel von Metaphern. Es ist unmöglich, die Kraft zu be-nennen, die Teenager dazu bringt, sich auf Gleise zu legen, und intelligente Leute dazu, dass sie in Babysprache verfallen. Aber du scheinst sehr geschmeidig zwischen den Menschen zu navigie-ren, sage ich und kratze dabei ein wenig an einem Vogelklecks auf der Windschutzscheibe herum, ich wollte nur mal fragen, ob du mir ein paar Tipps geben könntest. Anders Agger lächelt mich an, wie kleidsam, dass er nicht gleich protestiert. Ich glaube, ich mag sie einfach gut leiden, sagt er, die Menschen. Mich auch, frage ich. Ich denke schon, sagt Anders Agger, aber du musst damit aufhören, mich zu verfolgen, auf die Dauer ist das ein bisschen merkwürdig. Na dann, Prost Kaffee, sage ich. Anders Agger sagt, wenn das so ist, dann setzt er mal schnell welchen auf.

Lieber Kummerkasten,

ich bin eine junge Frau von sechsundzwanzig Jahren, und ich habe ein großes Problem. Meine Freundin hat mich schon mehrmals damit konfrontiert, dass sie sich von mir vernachlässigt fühlt. Nun ist es so, sie beschwert sich immer sehr viel, das belastet unser Zusammensein, ich kann mich in ihrer Gegenwart schlecht entspannen. Aber ich traue mich nicht, das zur Sprache zu bringen, weil sie gerade eine schwierige Zeit durchmacht. Vor drei Wochen habe ich ihren Geburtstag vergessen. Gerade hat sie gefragt, ob wir am Sonntag einen Spaziergang am Wasser machen wollen, aber ich habe einfach keinen Nerv für ihre Anklagen. Bin ich eine schlechte Freundin, und wie soll ich den Teufelskreis auflösen?

Viele Grüße, eine Ratlose

Liebe Ratlose,

pass an Seen bloß gut auf. Irgendetwas Eigenes ist um das Wasser, um die Kreise, die sich auf Gespräche legen, wenn Leute lieber im Freien reden möchten. Seen verheißen Vertraulichkeit und Intimität, Seen verheißen die Lösung all deiner Probleme. Für mich persönlich bringen Seen allerdings Probleme, statt sie zu lösen, denn sie ziehen so Typen wie deine Freundin an. Nun soll es hier nicht um mich gehen, aber ich kann nachvollziehen, was du durchlebst. Ich hatte mal einen Freund namens Kasper. Er war recht sensibel und dachte viel über alles Mögliche nach. Wenn er sich per Telefon meldete und fragte, ob wir uns am Schwarzen Teich treffen sollten, wusste ich, was die Uhr geschlagen hatte. Seine Stimme hatte bisweilen einen ganz besonderen Klang, leicht klagende Töne auf einem resoluten Fundament. Dann konnte ich immer hören, dass er dieses Gespräch in seinem Kopf bereits durchgespielt hatte, mit wohlbedachten Pausen und genauestens vorformulierten Repliken. Es würde sicherlich um etwas gehen, was ich ein bisschen ungeschickt geäußert hatte, oder um eine persönliche Krise, deren Ausmaße ich nicht erkannt hatte. Ich will nicht behaupten, dass ich immer ganz unschuldig gewesen wäre. Wie die meisten postmodernen Menschen bin ich nur dann eine gute Freundin, wenn ich mich langweile oder jemanden brauche. Aber man muss schon sagen, Kasper war immer randvoll von Gefühlen. Er musste mit ihnen ins Freie wie mit einem Wurf unregierbarer Welpen, sie hingen an seiner Kleidung, sie wehten im Gehen hinter ihm her, und sie wüteten, wohin er auch kam. Sie gebärdeten sich wie eine wilde Straßengang aus Jugendlichen, hatten ungeschützten Sex, überfielen Ahnungslose und ließen ihre Opfer hilflos zurück. Manchmal versuchte ich, sie in ihrem Schwung zu bremsen. Entschuldige bitte, sagte ich.

Entschuldige, dass ich beim Tod deines Onkels nicht für dich da war, ich hatte nicht gewusst, dass ihr euch so nah seid. Entschuldige bitte, dass ich das Buch belächelt habe, das du mir zum Geburtstag geschenkt hast, ich weiß, ich bin ein elitärer Snob, das war unsensibel von mir, entschuldige bitte. Liebe Ratlose. Schau zu, dass du auf deiner eigenen Bahn bleibst, schau zu, dass du dich von Seen fernhältst. Die Natur ist nicht neutral, sie hat einen Willen, und die dänischen Seen bestehen aus blauen Montagstränen voll Mascara und aufgelöstem Puder. Sie kokettieren mit ihrer Reinheit, damit, dass sie von der Welt unberührt wären, aber wir wissen ja genau, die meisten von ihnen sind künstlich angelegt worden. Die Natur bäumt sich noch einmal auf, der Erdball hustet zum letzten Mal, bevor er sich zum Sterben hinlegt. Natürlich kann man sentimental werden, wenn man die Flüchtigkeit des Lebens bedenkt. Man zieht auf den Standstreifen rüber. Man trinkt Rotwein, man hört Andrea Berg, entdeckt, dass man selbst gar nicht so schlecht singt, und fragt sich, ob sie vielleicht noch Backgroundsänger braucht. Du hast mich tausendmal belogen, du hast mich tausendmal verletzt, hab so oft mit dir gelacht und würd es wieder tun, singt man an einem Sommerabend am Lagerfeuer. Jemand spielt Gitarre, man hat Tränen in den Augen, weil man sich so verzeihungsbereit fühlt, und am Tag danach ruft man Kasper an. Er klingt fröhlich und spürt gern ein wenig nach, wie es ihm eigentlich geht. Dann drehen wir zusammen mit den anderen eine Runde. Wir schauen uns die Leute an, die sich begegnen und voneinander verabschieden, die Intrigen anzetteln und den Schaden wiedergutmachen. Wir atmen tief durch, die Schwäne schwimmen, die Sonne scheint, wir wissen, es gibt Wasser genug für alle und Worte, so weit das Auge reicht.

Herzlichen Gruß, der Kummerkasten

Maj-Britt schaut mich abwartend an, sie möchte gern die Osterferien planen. Ich sitze auf ihrer Küchenbank und habe auf einmal Blickkontakt mit einem kleinen Schneemann, auf dessen Kopf Bents Ohrenwärmer sitzen. Sein Lächelmund besteht aus einem Apfelschnitz, mit Zweigen als Fingern greift er nach mir. Wir haben Mitte Dezember, sage ich, kein Mensch weiß, was in vier Monaten ist. Maj-Britt aber weiß es, und sie wären in der sechzehnten Kalenderwoche gern in Tarm. Ich habe diese Wochennummern so satt, sage ich, das Datumssystem funktioniert doch wunderbar, benutze es. Maj-Britt sagt, sie müssen den Aushilfstageseltern Bescheid geben, das sei mehr Aufwand, als man denken würde. Es gilt, so viele Bälle in der Luft zu halten, sagt sie, da verliert man leicht den Überblick. Ich sage, ich weigere mich, Teil einer auf die Zeit fixierten Gemeinschaft zu sein, aber Bent findet, die Entscheidung darüber liege nicht bei mir. Auf dem Küchentisch zerlegt er ein Schwein, das Weihnachtsgeschenk von Nors Eltern. Und, genug Kundschaft, fragt Bent, der meiner Zeitungskolumne treu folgt, es aber unglaublich findet, dass ich das als Arbeit ansehe. Wenn er erwähnt, dass ich dafür ein Honorar erhalte, muss er immer ein bisschen grinsen, als ob ich die Tageszeitung raffiniert ausnehmen würde. Er findet meine Antworten ein wenig lang, aber das mit dem Taxifahrer und dem Kellner, das sei wirklich gut gewesen. Wär es nicht vielleicht mal Zeit für einen Ehering, fragt Bent mit einem beherzten Schnitt quer über die Rippen des Schweins. Er findet, wer A sagt, kann genauso gut auch gleich B sagen, und deutet ins Spielzimmer. Ich sage, ich würde ja davon leben, guten Rat zu erteilen, und mehr bräuchte ich darum nicht, vor allem nicht in meiner Freizeit. Bent erwähnt die beträchtlichen Steuervorteile, die sich aus dem ehelichen Dasein ergeben. Ich sage, als Sozialistin entrichte ich meine Steuern freudig. Du wirst ihn schon rumkriegen, sagt Bent. Mit einem Blick auf das tote Schweinegesicht verdrehe ich die Augen und rufe meinen Sohn. Kümmer du dich um dein Schwein, Bent, sagt Maj-Britt.

Der diensthabende Lehrer ist krank, ich habe versprochen einzuspringen und Emma zum Arzt nach Ringkøbing zu begleiten. Wir warten beim Haupteingang auf ein Flextaxi, sie findet es unglaublich, wie lange ich für den Führerschein brauche. Die Schüler haben untereinander gewettet, wann ich die Prüfung bestehen werde, das Geld kommt in eine gemeinsame Kasse. Bald haben wir genug für eine Reise nach Kuba zusammen, sagt Emma. Sie nimmt ihre Krankenkassenkarte aus der Handtasche. Warum musst du noch mal zum Arzt, frage ich. Die Keramiklehrerin hat mir erzählt, sie hätte Chlamydien, und ich solle nicht fragen. So eine Art Virus, sagt Emma verdrossen. Na aber so was, sage ich, das klingt ja gar nicht gut, dabei wirkst du kerngesund. Sie zündet sich eine Zigarette an und sagt, man könne gut sehen, dass ich das Rauchen aufgegeben habe. Deine Fingernägel sehen aus wie ausgefranste Maiskolben, sagt Emma, und du wirkst, als wärst du völlig aus dem Gleichgewicht geraten. Naturerleben und Start-up-Aktionen kommen rotwangig quer über den Parkplatz auf uns zu. Sie haben essbare Wildkräuter gesammelt und wollen daraus mit dem Küchenkurs eine Klimasuppe kochen. Die wollen sie dann in der Stadt verkaufen, bei einer Friedensdemonstration, die sie mit einer örtlichen Aktivistengruppe veranstalten. Ein Protest gegen Weihnachten ist das auch, sagt Emma, ihr ist äußerst unbehaglich dabei, dass wir völlig kritiklos die Geschichte von einem mittelalten weißen Mann weitergeben, der vom Himmel geflogen kommt und Geschenke an privilegierte Kinder verteilt. Ich sage, der eine oder andere könnte hier einwenden, bei Weihnachten gehe es um die Geburt Jesu, aber auch den kann Emma nur als einen Repräsentanten des Patriarchats sehen. Die Schüler werden einen Fackelumzug machen und auf dem Marktplatz Lieder singen. Ich sage, gratuliere, da werden die Diktatoren und Gewaltherrscher dieser Welt ganz sicher inne-

halten und mal gründlich nachdenken. Ob diese Ausrottungs-
aktion eine gute Idee war, ob Gewalt wirklich die beste Lösung
ist. Emma sagt, mein Freund finde das ein superwichtiges State-
ment. Er ist ja auch dafür angestellt, euch Zucker in den Arsch zu
blasen, sage ich, vergiss das nicht. Schreibst du immer noch für
diese Frauenzeitschrift, fragt sie und tritt ihre Kippe aus. Für die
Tageszeitung, sage ich, das ist ein Kummerkasten, dafür braucht
man Lebensweisheit. Flexbirgit biegt auf den Parkplatz ein und
hupt dreimal kurz hintereinander. Die Zeit der Orakel ist vorbei,
sagt Emma, als sie auf der Rückbank Platz nimmt.

Lieber Kummerkasten,

ich bin jetzt in der 12. Klasse und habe meine erste richtige Beziehung. Wir sind sehr glücklich miteinander, aber meine Freundin weint so viel. Ich will sie trösten, manchmal hilft das auch, aber nicht immer. Sie weint bei jedem Anlass, nicht nur wenn wir gestritten haben oder verschiedener Meinung sind. Ich habe erst zweimal in ihrer Gegenwart geweint, davor habe ich den Tränen nie freien Lauf gelassen. Stimmt es, dass es gesund ist zu weinen, und glaubst du, es wird irgendwann besser?

Viele Grüße, ein Floß auf dem Tränenkanal

Liebes Floß,

angesichts eures Alters glaube ich, du brauchst dir keine Sorgen zu machen. Mein erster Schatz hatte große mandelbraune Augen. Sie waren nicht nur so tief wie Waldseen, in ihnen schossen auch kleine Fischschwärme so schnell hin und her wie silberne Pfeile, es gab dort wehende Wasserpflanzen und Hechte, die ihrer Beute auflauerten. Der Sommerregen tröpfelte, in jenen Jahren wuchs das Drama in uns immer größer heran, eine neue, wundersame Welt voller Katastrophen brach hervor. Die Tränen flossen reichlich, wurden zu Pfützen, in denen wir herumstapften, zu einer Meeresbucht im Sonnenaufgang. Sobald sich auch nur die geringste Distanz zwischen uns auftat, schluchzten wir los, dabei zeigte sich daran wahrscheinlich nichts anderes, als dass wir trotz aller verzweifelten Versuche immer noch zwei verschiedene Menschen waren. Ich glaube, in diesen drei Jahren, die ich mit Nanna zusammen war, habe ich mehr geweint als im ganzen noch bevorstehenden Rest meines Lebens. Noch jahrelang weinten wir weiter, wenn wir uns in einem Café oder bei gemeinsamen Freunden trafen. Wie geht es dir, fragte sie, und schon ging es bei mir los. Und dir, fragte ich, und die Tränen kullerten ihr über die Wangen. Sie sprach ohne jedes Hindernis direkt zu meinem sechzehnjährigen Herzen, das ihr ohne Zögern in derselben Sprache antwortete. Seit wir Kinder haben, weinen wir nicht mehr, und wir sprechen nur noch miteinander, wenn Nanna auf dem Heimweg von der Arbeit im Auto sitzt. Bis bald dann, sagt sie, ich bin jetzt zu Hause. Liebes Floß. Mit dem Alter weint man weniger, aber das ist nicht nur gut so. Eines Tages werdet ihr eure Tränen vermissen.

Herzlichen Gruß, der Kummerkasten

Meine heutige Lektion heißt Berufsverkehr in Herning, ich soll lernen, in hektischen Situationen einen kühlen Kopf zu behalten. Als wir das Ortsschild passieren, sagt Mona, im Volksmund heißt das Städtchen das Las Vegas von Jütland. Ich sperre den Mund auf. Die Müdigkeit kommt in immer neuen Verkleidungen, sage ich zu Mona, sie schleicht sich in jede denkbare Gemütsverfassung ein. Unendliche Kombinationen, mein Freund und ich sind müde und verdrossen, müde und verwirrt, müde und gestresst, müde und fröhlich. Wie nach langen Schlittenfahrten als Kind, rote Wangen und heißer Kakao, kurz bevor man ins Bett geht. Müde wie Marathonläufer, verschwitzt und erledigt, aber auch stolz. Wir sind zwei Politiker bei ihrem absolut letzten Auftritt, erloschene Zigarren und halb volle Cognacgläser. Müde wie zwei langsame Körper, die sich gleichzeitig nach einer vom Regen durchnässten Zeitung bücken, müde wie zwei Gebisse, die einander aus ihrem jeweiligen Wasserglas zulächeln. Die Übernächtigung lässt unsere Gesichtszüge verfließen, sie macht uns zu zwei unheimlichen Doppelgängern unserer selbst, und wenn wir irgendwann so müde sind, dass wir nur noch immer schlafen, werden wir den Mund genauso weit und stumm aufgesperrt haben wie im Tod. Findest du das normal, sage ich. Ja, sagt Mona, ihr Freund hat einen Sohn und zwei kleine Töchter aus seiner früheren Ehe. Nachts kommen sie ins Doppelbett gekrabbelt und verbreiten Unruhe, Mona wird fast wahnsinnig davon. Du müsstest eine Belohnung kriegen, sage ich mit einem Blick in den Rückspiegel, durch den mich die Sonne blendet. Ich habe schon drei Belohnungen, sagt Mona. Wir üben Linksabbiegen, Herning kriegt mich langsam zu fassen, ich quietsche, als ob es eine lebensgefährliche Achterbahn runter ginge. Gas geben, ruft Mona, die Fahrradfahrer schwirren überall herum wie lästige

Insekten, die Abbiegespuren sind überfüllt, aus heiterem Himmel tauchen Fußgänger auf. Herning ist wie eine durchgedrehte, zu Boden gefallene Garnrolle, von Wand zu Wand, wild und willig. Es ist das Dubai Dänemarks, aber mit Bacon belegt, Buffets, breit wie Boulevards, furiose Fanfaren im fatalen Verkehr.

Das Eis knirscht unter meinen Füßen, die Räder des Kinderwagens rutschen über den zugefrorenen Fjord. Krisser und ich gehen nebeneinanderher, unser Atem steht in großen Wolken vor unseren Gesichtern. Krisser friert, sie will nach Hause aufs Sofa. Sie redet von dem Möbel wie von einem gleichwertigen Familienmitglied, und wenn sie mich auf dem Heimweg von der Arbeit anruft, klingt es, als freute sie sich auf die Wiedervereinigung mit einem geliebten Wesen. Das Sofa ist das glatte Gegenteil von Alarmanlagen, die mitten in der Nacht irrtümlich losgehen, oder von unnützen Angestellten, die vorbeiflirren wie Statisten auf der Leinwand. Das Sofa ist eine kleine Insel, auf der Krisser und ihre Familie liegen, während sie zum Treibhaus hinausblicken, das ihren Garten zur Hälfte ausfüllt. Karsten war ihr Dozent auf der Restaurantschule und Weinspezialist in Teilzeit. In der Besäufniswoche zum Studienanfang hatte er für die Erstsemesterstudenten eine Verkostung mit verschiedenen Varianten von Pinot Noir arrangiert. Diese Traube wird schon so lange angebaut, wie unsere Zeitrechnung reicht, sagte er, aber sie ist empfindlich, sie ist heikel, sie braucht Fürsorge. Schaut mal, wie dünn die Haut ist, er deutete auf seine PowerPoint-Präsentation, wo in Vergrößerung eine blaue Weinbeere zu sehen war. Nachdem sie drei Flaschen aus Kalifornien und acht aus Frankreich probiert hatten, sagte Krisser zu ihm, du kannst gern mit zu mir nach Hause kommen, aber halt die Finger still. Sie machte ihre Schlafzimmertür zu, nachdem sie Karsten ihr Sofa zum Schlafen angewiesen hatte. Es war eines von Ikea, in einem merkwürdigen Beigeton und anderthalb Meter lang. Am nächsten Morgen hatte Karsten Kreuzweh und einen fürchterlichen Kater. So was mache ich nicht noch mal, sagte er, um zwei Tage danach wieder vor der Tür zu stehen. Krisser machte auf, und da stand Karsten hinter einem hübschen, geräumigen Sofa, das sie mit vereinter Anstrengung in ihre Wohnung bugsierten. Statt Blumen, sagte er, als sie keuchend nebeneinandersaßen. Unsinn, sagte Krisser und verpasste ihm einen Knuff. Das Sofa war dunkelrot, damit man die unvermeidlichen Weinflecken nicht sah, und Krisser sagt, besonders liebt sie an Karsten, wie vorausschauend er ist. Darum habe ich auch alle beide behalten, sagt sie mit einem Blick in Veras Kinderwagen. Unsere beiden Kleinen schlafen, wir gehen zurück Richtung Velling. Das Ortsschild spiegelt sich in Krissers Augen, ihre Gedankengänge haben etwas so Schönes, Gerades an sich, etwas Unbeirrbares. Wahrscheinlich werde ich nie herausfinden, wie es kommt, aber die Ereignisse in ihrem Leben nehmen niemals dieselben bizarren Ausmaße an wie bei mir. Nach nichts sehne ich mich heute so sehr wie danach, mich gemeinsam mit Krisser in diesen Frieden fallen zu lassen.

Winterlied ohne Schnee

Neujahrslied

Singbar auf die Melodie von: *Leise rieselt der Schnee*
Volksweise

Rastlos bläst Januar den Schnee
Übers Eis auf dem See
Weihnachtsstreit kommt schon mal vor
Schreiet nur, Möwen im Chor

Lügen hängen dir nach
Herzen, zerschlissen im Krach
Letztes Jahr war doch ganz schön
Jetzt muss es auch anders gehen

Atemholen tut weh
Husten wie Niesen, o je
Höhnisch und fern erglänzt
Sommer, ein bleiches Gespenst

Eiszapfen glitzern am Dach
Doch der Winter gibt nach
Länger wird jeder Tag
Blumen im Schnee werden wach

Was soll das hier werden, eine Art Lehrer-Eltern-Gespräch, frage ich und setze mich an den Stammtisch im Hauptquartier. Der Surfer aus Søndervig stellt eine Schokomilch vor mich hin, er wirkt immer noch ganz fertig. Du fährst nicht, du schläfst, sagt Mona und flasht mich mit ihrem Zahnpastalächeln an, jetzt kannst du nicht mal mehr vorwärts einparken. Ich nehme mir eine Fritte von ihrem Teller, der Surfer hält mir einen kleinen Becher mit Remoulade hin, ich stippe die Fritte langsam ein. Dein Linksabbiegen ist unter aller Sau, sagt Mona, und vergiss nicht, zu langsam fahren ist auch gefährlich. Während unserer letzten Unterrichtsstunde verstummte sie mehr und mehr, bis sie irgendwann laut ausrief, das ist schon der fünfte Lkw, der uns überholt. Ich gähne, unmöglich zu sagen, ob sich meine Augen verschleiern oder ob sich das Brot auf dem Teller vom Surfer tatsächlich zersetzt. Fakt ist, du hältst den Verkehr auf, sagt Mona, weil dein Kleiner nicht schläft, droht der ganzen Gesellschaft Stillstand. Aber vergiss nicht, wir unterstützen dich ganz klar voll, sagt sie, und der Surfer nickt eifrig. Mona durchblättert Papiere. Es ist einfach unser Prinzip, dass wir keinen im Regen stehen lassen. Zweiundsiebzig Extrastunden, sagt sie, da kommt ganz schön was zusammen. Der Surfer hatte mal einen Fahrschüler, der sich hypnotisieren ließ, er erinnert sich auch an einen Fall, wo Akupunktur gegen die Angst geholfen hat. Er schaut mir in die Augen und hebt die Hand, aber Mona wedelt ihn weg. Nicht jetzt, sagt sie und nimmt die Brille ab. Tut mir leid, aber ich werfe das Handtuch, sagt sie, das wird mir einfach zu viel gerade, neben dem Nikotinentzug. Sie erzählt, dass sie jetzt nur noch dampft, aber sie ist einfach zu ungeduldig. Jetzt ist Parkplatzpeter dran, sagt Mona und gibt ihm die Mappe mit meinen Stunden. Sie steht auf und schlägt mir auf die Schulter. Wir sehen uns bei Bier und Dampf, sagt sie und verschwindet im nächsten Kreisverkehr.

Als ich die Kita betrete, sehe ich meinen Sohn im Garten hinter dem Haus, er sitzt im Spielhaus. Maj-Britt und Bent stehen dicht nebeneinander, den Rücken mir zugewandt, und schauen zu ihm hinaus, es sieht aus wie ein Bild, vom Fenster gerahmt. Auf dem Küchentisch Kuchenreste und eine große Schachtel gefüllte Pralinen. Heute ist Ellas letzter Tag, ab morgen geht's in den Kindergarten. Was für ein Wetter, Bent nimmt seine Brille ab, das war's mit bisschen Frühling. Draußen zittern die Schneeglöckchen, im Wind wirkt die Welt ungewiss und willkürlich. Es geht so schnell, sagt Maj-Britt, du schaust in den Himmel, ob du ihnen Regensachen anziehen musst, und schaust du wieder runter, sind sie weg. Zwölf Meter pro Sekunde, sagt Bent, sagt das meteorologische Institut. Maj-Britt nickt. Sie müssen ja weiterziehen, sagt sie, so ist es nun mal. Ihre Fürsorge hat ein Ziel verloren und muss neue Wege finden, neue kleine Menschlein, denen sie sich widmen kann. Ella hingegen weiß noch nicht, was Abschied bedeutet, sie kann sich nichts anderes vorstellen, als dass Maj-Britt auch drüben im Kindergarten sein wird, oder dass sie selbst sowohl in die Kita als auch in den Kindergarten geht, wie in einer Art Paralleluniversum. Vielleicht wird sie ihre Mutter ein paarmal damit nerven, dass sie Maj-Britt besuchen will, aber nicht lange, und das wird ihr peinlich sein. Einerseits denkt sie, sie würde an einen wohlbekannten Ort zurückkehren, andererseits hat sich in ihr etwas verändert. Ihr Körper wird wachsen, der kleine gelbe Garderobenknopf und ihre Schublade werden einem anderen, kleineren Kind gehören. Sie wird versuchen, sich unsichtbar zu machen, wird ihr Gesicht im Rock ihrer Mutter verstecken. Der Besuch wird anstrengend sein, irgendwie falsch, ja, beinahe unmöglich. Maj-Britt wird Ella zulächeln, sie kennt ihre Kinder natürlich, diese beiden werden immer etwas miteinander gemeinsam haben, auch wenn die kleinere von ihnen das meiste vergessen wird. Maj-Britt bleibt ein Teil der frühesten Erinnerungen ihrer Kita-Kinder aber sie hinterlassen auch etwas in ihr. Ihre besonderen Kennzeichen, verschiedene Sprachfehler, variierende Grade von Trotz, hysterische Anfälle, schläfriges Lächeln. In diesem frühen Teil ihres Menschenlebens sehen sie Maj-Britt als solide verwurzelten Baum im Sturmwind, als Ruhepol, von dem sie, ohne es zu wissen, etwas mitnehmen werden. An ihrem letzten Tag in der Kita steht Maj-Britt winkend in der Tür, bis sie nicht mehr zu sehen sind, und dieses Bild von ihr werden sie behalten, friedvoll und unveränderlich wie die besten Kindheitserinnerungen.

Lieber Kummerkasten,

ich bin ein Mann Anfang dreißig und habe mit Panikattacken zu kämpfen. Manchmal kommt das aus heiterem Himmel, ohne jeden Grund. Ich habe die Frau meines Lebens noch nicht gefunden und fürchte, irgendwann einsam und allein zu sterben. Meine Familie ist eine große Stütze, und ich habe viele gute Freunde. Mir kommt es so vor, als hätten alle ihr Leben gut in der Hand, nur ich nicht. Was glaubst du, warum ist es für mich so schwer?

Herzlichen Gruß, eine Jungfrau

Liebe Jungfrau,

es nutzt nichts, wenn deine Todesangst andere Menschen ums Leben bringt, hat meine Fahrlehrerin gesagt und mich an einen Kollegen weitergegeben. Er ist die Ruhe in Person, hat sie mir versichert, und ich habe zu ihm gesagt, du scheißt dir so was von in die Hosen. Irgendwie wüsste ich gern, was genau sie zu ihm gesagt hat, denn sogar die Art und Weise, wie Parkplatzpeter den Sicherheitsgurt schließt, hat etwas Pädagogisches an sich. Mich behandelt er durchgehend wie ein Zwischending zwischen einem Kleinkind und einer psychisch Gestörten, er wirkt aufrichtig beeindruckt, wenn ich in einen anderen Gang schalte. Wenn ich vorm Abbiegen blinke, sagt er, sehr gut hast du das gemacht. Ich kenne sein Profil besser als sein Gesicht, wir sitzen ja immer nebeneinander und starren gebannt durch die Windschutzscheibe, darauf konzentriert, die Fahrstunde bei lebendigem Leibe zu überstehen. Wenn er mir den Kopf zuwendet, überrascht es mich immer, dass sein Gesicht symmetrisch ist. Er hat tatsächlich zwei Augen, und sein Lächeln geht auf der anderen Seite weiter. Ich habe immer noch eine Riesenangst vor Baustellen und plötzlich auftauchenden Schulkindern, aber wenn ich neben Parkplatzpeter sitze, fällt irgendwie alles von mir ab, meine Atmung geht anders, regelmäßiger. Mir ist selber bewusst, was für eine schlechte Stimmung ich an Ampelkreuzungen verbreite, und anfangs dachte ich, das muss für Parkplatzpeter unbegreiflich sein, der gewissermaßen in seinem Auto wohnt. Zwischen Højmark und Lem hat er sich mal geräuspert und erzählt, wie er mit seinem Bruder in den USA war. In Arizona machten sie einen Rundflug mit dem Hubschrauber über den Grand Canyon. Plötzlich kam ein Gewitter auf, Donner und Blitz, ganz wild, der Pilot versuchte verzweifelt, einen Notruf abzusetzen.

Parkplatzpeter und sein Bruder klammerten sich stumm an ihre Sitze. Als sie endlich wieder am Boden waren, nahm der Pilot den Helm ab, schlug ein Kreuz und reichte ihnen beiden die Hand. Nur um dir zu sagen, ich weiß auch, was Angst ist, sagte Parkplatzpeter. Liebe Jungfrau. Alle fürchten sich vor irgendwas, aber man muss versuchen, sich mit Leuten zu umgeben, die einem helfen, die Neurosen auf Abstand zu halten. Such dir eine Frau, für die der Straßenverkehr ein großes, wohlgesinntes Wesen ist, mit dem einzigen sehnlichen Wunsch, dass wir alle rechtzeitig ankommen.

Herzlichen Gruß, der Kummerkasten

Drei Minuten, Anders Agger drückt auf die Stoppuhr, wir machen Fortschritte. Wir sitzen auf einer Bank am Fjord und üben uns darin, nichts zu sagen. Er fragt, ob ich langsam erkenne, dass man sich daran gewöhnen kann. Ich zucke mit den Schultern, mir ist, als wären meine Worte jetzt ganz und gar versiegt. Wir trainieren langsames Gesprächstempo und trinken dazu Kaffee aus der Thermoskanne. Anders Agger sagt, wenn man sich der Landbevölkerung nähern wolle, komme es auf unmerkliche Details an. Fallbeispiel eins, sagt er. Mein Hund ist überfahren worden, du begegnest mir zufällig beim Kaufmann. Nach kurzem Zögern frage ich, wie es ihm geht. Durchgefallen, sagt Anders Agger, viel zu persönlich. Und starr mich um Himmels willen nicht so an, du willst mich ja nicht hypnotisieren. Dann sag mal selbst, sage ich, und Anders Agger räuspert sich. Traurig, das mit deinem Hund, sagt er und schaut schräg an mir vorbei. Wenn du auf Teufel komm raus aufdringlich sein willst, sagt er, dann frage, ob man es hart findet. Ich nicke. Man statt du, sagt Anders Agger, situationsbezogen statt personenbezogen. Er erklärt, dass man dem Gegenüber durch den gewissen Abstand Freiheit lässt. Das ist wichtig und muss berücksichtigt werden, da hier in Velling nicht so viele Leute wohnen. In einer Großstadt versucht man immer herauszustechen, bemerkt zu werden, in der Kleinstadt geht es darum, sich anzupassen und mit der Landschaft zu verschmelzen. Man betont die Gemeinsamkeiten, nicht die Unterschiede, Ziel und Logik der Gespräche ist es, den Zusammenhalt zu beschwören. Aha, interessant, sage ich und mache in meinem Handy Notizen. Und dann ist da die Prüderie, sagt er, auf alles, was mit dem Körper zu tun hat, muss ein absolut wasserdichter Deckel drauf. Geburten, frage ich, Menstruation, Sport. Alles, sagt Anders Agger, es sei denn, es geht um eine ernste Krankheit. Er fragt, ob er mir einen Rat geben darf.

Rede niemals über Fortpflanzung, sagt Anders Agger mit einem eindringlichen Blick, Sex ist bei uns ein absolutes No-Go. Wie gern hätte ich dich früher kennengelernt, sage ich. Anders Agger stößt mit seinem Thermobecher an meinen. Er stellt seine Stopp-uhr ein, ohne mir zu verraten, wie lange er sie laufen lassen will. Das ist wie dieses Spiel, *Die Reise nach Jerusalem*, sage ich, nur ohne Stühle. Einfach ruhig Blut bewahren, sagt Anders Agger, wenn du lange genug nichts sagst, machen sie irgendwann den Mund auf.

Was für eine Geschwindigkeitsbegrenzung gilt im Kreisverkehr, fragt Parkplatzpeter mit hochgezogenen Augenbrauen. Fünfzig, murmele ich. Du bist eben achtzig gefahren, sagt er und hebt den Fuß von der Fahrlehrerbremse. Ich habe ihn nicht gesehen, sage ich, der ist mir ganz plötzlich vor den Kühler gesprungen. Manche Fahrschüler sind vorsichtig, sie brauchen Zeit, um sich ans Autofahren zu gewöhnen. Andere sind Draufgänger und müssen lernen, sich dem Verkehr anzupassen. Aber du bist unberechenbar, sagt Parkplatzpeter, es klingt fast ein bisschen verwundert, du hast was vom Anfänger, vom Altersdementen und vom Unfallflüchtling, alles auf einmal. Hinter mir hupt einer, Parkplatzpeter geleitet mich nach links in eine Querstraße, wir halten vor einem Kvickly. Bleib einfach sitzen, sagt er und holt zwei Mittwochsschnecken aus dem Laden. Ich verspüre ein unerwartetes Gefühl von Zusammengehörigkeit, denn ich entdecke, dass wir dieselbe Technik haben: Wir essen den äußersten Ring der Schnecke gegen den Uhrzeigersinn und futtern uns langsam auf die Glasur in der Mitte zu. Glaubst du, das sagt etwas über unsere Persönlichkeit aus, frage ich. Nein, sagt Parkplatzpeter. Er schaut mich lange an. Du fährst nicht gut, sagt er, aber du fährst spannend. Ich empfinde Parkplatzpeter nicht als Fahrlehrer, sondern als Menschen, ich sehe, dass er außerdem ein Mann ist, ein Vater, ein Nachbar, ein Freund. Glaubst du, ich schaffe den Lappen irgendwann, frage ich knapp vor der Glasur. Immer schön langsam, sagt Parkplatzpeter und reicht mir eine riesige Toblerone. Er war gerade in Deutschland, und ich nehme die Schokolade entgegen, als würde mir auf einem Rettungsboot in stürmischer See ein Ruder gereicht.

Lieber Kummerkasten,

ich bin in der Sechsten, und meine Klassenkameradinnen behandeln mich so schlecht. Sie fragen mich nie, ob ich mitspielen will, und wenn doch mal, habe ich Angst, dass sie mich nur auf den Arm nehmen wollen. Ich bin nicht gut im Ballspielen, es macht mir auch keinen Spaß. Die anderen schließen mich aus und grinsen im Unterricht über mich. Mein Vater sagt, das sind keine richtigen Freundinnen. Ich will lieber schlechte Freundinnen haben als gar keine, aber Leute, die selber keine Kinder mehr sind, können das wohl nicht so gut verstehen.

Lieben Gruß, eine Einsame

Liebe Einsame,

wohl oder übel muss ich deinem Vater Recht geben, so ungern ich das auch tue. Lieber verzichten als sich mit Halbheiten begnügen, sagt meine Mutter immer. Natürlich gilt das nicht für alle Lebenslagen. Wenn dein Lieblingsmüsli ausverkauft ist, nimmst du eben das mit getrockneten Cranberrys. Gibt es am Kiosk keine Prince 100 mehr, findest du dich mit gelben Camels ab. Wir alle kennen die Irritation angesichts des Zweitbesten, aber wenn es um Freunde geht, sollte man keine Kompromisse machen. Mach es dir eben gemütlich und lies ein paar Bücher, so habe ich meine Kindheit verbracht. Zu Geburtstagseinladungen nahm ich immer ein Buch mit, verkroch mich unter einem Tisch und aß meinen Kuchen dort. Eigentlich fand ich das sogar gemütlich, aber auf einmal sollte ich mit einer Psychologin reden und Bilder von meinen Eltern malen. Ich schaute meine Mutter an, sie zwinkerte mir zu, ich malte eine fröhliche Sonne über meine Bleistiftmännchen. Sie liest einfach gern, mehr ist es nicht, sagte meine Mutter. Die Psychologin nahm ihre Brille ab und nickte. Liebe Einsame. Nicht alle haben ein Talent dazu, Kind zu sein, aber dessen muss man sich nicht schämen. Wenn man nicht über diese typische spontane Sorglosigkeit verfügt, kann die Kindheit sich etwas lang anfühlen, das gebe ich als Allererste zu. Die gute Nachricht: Das Erwachsenenleben dauert viel länger als die Kindheit. Da gibt es viele neue Möglichkeiten, sich aus der Einsamkeit zu befreien, man kann es mit Sex versuchen oder mit Alkohol, ganz allgemein wird es einfacher, mit anderen zu kommunizieren, die meisten werden mit dem Älterwerden ja doch ein bisschen zivilisierter.

Herzlichen Gruß, der Kummerkasten

Die Schulleiterin hat ein paar Kegel aus der Turnhalle geholt und sie mit großen Zwischenräumen auf dem Schulparkplatz aufgebaut. Du machst mit dem Lenkrad eine halbe Umdrehung nach rechts, sagt Malte und erinnert mich daran, einen Blick in den Seitenspiegel zu werfen. Gestern Abend hatte er Nachtfahrstunde mit Mona und ist immer noch ganz verzaubert. Sie haben Fernlicht geübt und sind über die Landstraßen gekurvt. Malte ist schon dreimal durch die Fahrprüfung gerasselt, jedes Mal hat alles wunderbar geklappt, aber knapp vor Ende hat er dann eine rote Ampel überfahren, auch jedes Mal. Du bist ein gejagter Mann, sage ich, Malte nickt. Einmal, als ich sehr verliebt war, sage ich, da wurde ich irgendwie von braunen Augen verfolgt. Sie waren überall, vor allem morgens. Die Rosinen auf meinem Müsli, eine Handvoll Haselnüsse, der Kaffeesatz in der Spüle, einfach überall. Malte sagt, genauso geht es ihm mit Monas mitternachtsblauem BMW, von dem träumt er nachts. Malte lässt den Wagen an und platziert meine Hände am Lenkrad. Ich schaue in den Rückspiegel, sehe meinen Freund mit unserem Sohn und fahre den ersten Kegel um. Ich lasse ein Fenster runter und sage, wenn man sich in jemanden verliebt, ist alles eine Frage von Timing und letzten Endes von Ausdauer. Na ja, meint Malte. Was predigst du da, fragt mein Freund. Wir haben die Pflicht zu predigen, sage ich, unser Sohn reckt die Arme nach mir. Malte möchte gern mal mit ins Hauptquartier, also gurtet mein Freund unseren Sohn im Kindersitz an und löst mich am Steuer ab. Ich bin in der Nahrungskette aufgerückt, sage ich zu Malte, ich fange die Gnus, damit du was zu fressen hast. Aber Malte ist Vegetarier, als wir uns an den Stammtisch setzen, bestellt er ein Hotdog mit allem, ohne Würstchen. Wenn wir sterben, wird unser Körper zu Gras, sagt mein Freund, und das fressen dann die Antilopen. Die Welt ist klein, sagt Mona und macht Platz, damit wir uns dazusetzen können. So klein auch wieder nicht, sage ich. Malte schneidet konzentriert das Würstchen von meinem Sohn klein und pustet darauf.

Mein Sohn macht immer noch Mittagsschlaf, ich warte darauf, dass er aufwacht, während Maj-Britt Blumenzwiebeln in ihre Blumentöpfe setzt. Hornveilchen und Osterglocken, sagt sie und zeigt mir Bilder in einer Gartenzeitschrift. Man wird ganz neidisch, ich deute auf zwei Fliegen, die auf meinem Knie leidenschaftlich Sex haben. Nors Mutter kommt zur Tür rein, sagt, bei ihnen zu Hause im Wasserbett wird leider auch niemand seekrank. Nach einer diskreten Umfrage im Reitsportklub hat sie aber so langsam begriffen, dass das ganz natürlich ist. Die schweren Atemzüge der Wirklichkeit, was, frage ich. Nors Mutter zuckt mit den Schultern. Schweine, Araberpferde, Kinder und jahrelanges eheliches Sexleben, das alles hat sie umgetrieben und irgendwann müde werden lassen. Wenn sie mal miteinander schlafen, fühlt es sich an, als würden sie pflichtschuldigst einen guten Vorsatz verwirklichen. Nors Mutter erzählt von einem Vormittag, an dem ein Nachbar auf die Kinder aufgepasst hat. Die Frau von Nors Mutter küsste sie, aber sie wurde einfach den Gedanken an das Hühnchen nicht los, das sie aus dem Tiefkühler genommen hatte, sie quälte sich mit der Frage, ob es wohl rechtzeitig auftauen würde, bevor die Schwiegereltern zum Abendessen kamen. Die ganze Zeit überlegte sie, ob sie es besser in eine Schüssel mit Wasser legen sollte, um auf der sicheren Seite zu sein. Dann wird es aber fade, sagt Maj-Britt. Wollen wir, fragte die Frau von Nors Mutter mit einem Blick auf die Schlafzimmertür. Ehrlich gesagt, ich konnte dieses Hühnchen einfach nicht vergessen, sagt Nors Mutter. Wenn es nicht ganz aufgetaut war, würde sie den Ofen höher stellen müssen. Dann wird es aber trocken, sagt Maj-Britt. Nors Mutter merkte ihrer Frau an, dass ihr die Zeit lang wurde, vielleicht hatte sie Probleme damit, die Metzgerei zu vergessen. Das Fleisch würde nicht zart werden, Nors Mutter hatte das schon mal versucht, aber vielleicht wurde es diesmal was, mit ein bisschen Weißwein, Petersilie und anderen frischen Kräutern. Genau, sagt Maj-Britt. Aber dann fanden sie doch noch einen gemeinsamen Rhythmus. Nors Mutters Frau schloss die Augen, ja, dachte Nors Mutter, so mache ich das, ja, rief Nors Mutter. Stürzt dich das denn nicht in eine existenzielle Krise, frage ich Nors Mutter. Sie schüttelt den Kopf, nein, schließlich hat sie jahrelanges Training mit einer Ehefrau, die kein Drama abkann. Mit Gefühlen über medium darfst du ihr nicht kommen, sagt Nors Mutter. Man soll keine Probleme erfinden, wo keine sind, sagt Maj-Britt und erkundigt sich, wie das Hühnchen dann am Ende geworden ist. Super, sagt Nors Mutter.

Lieber Kummerkasten,

ich bin fünfzehn und kann nachts nicht schlafen. Das Mädchen, in das ich verliebt bin, geht jetzt mit einem aus meiner Klasse, das macht mich ganz fertig. Ich bin die Sorte Mensch, der sehr tief über alles nachdenkt, und ich bin zu der Erkenntnis gelangt, dass das Leben sinnlos ist. Nachts liege ich wach, habe schwarze Gedanken und grause mich vor der Zukunft. Ich habe schon überlegt, ob ich vielleicht Depressionen habe, aber ich traue mich nicht, mit dem Arzt zu reden, ich habe Angst, er lässt mich einweisen.

Viele Grüße, ein Schlafloser

Lieber Schlafloser,

du bist fünfzehn, du kannst noch gar keine bestimmte Sorte
Mensch sein. Die Stirnlappen wachsen erst mit Mitte zwanzig
zusammen, bis dahin ist man ein bisschen unzurechnungsfähig,
das ist ganz natürlich. Du hast nicht die geringste Ahnung davon,
was es bedeutet, nicht genug Schlaf zu kriegen, solange du nicht
ein Kind bekommst, wovon ich aus diesem Grund dringend ab-
raten würde. Ja, es ist Mist, dass das Mädchen, in das du verliebt
bist, sich nicht für dich interessiert, aber in ein paar Jahren weißt
du nicht mal mehr ihren Namen. Das ist zwar irgendwie noch
trauriger, aber das verstehst du jetzt noch nicht. Wenn man die
Dinge noch nicht überschauen kann, ist es wichtig, keine Gedanken an die Zukunft zu verschwenden. Kümmere dich nicht
ums große Ganze, geh einen Schritt nach dem anderen. Du hast
vielleicht keine Ahnung, wann dein Liebeskummer überwunden
sein wird, aber wenn du Lust auf eine Tasse Kakao hast, weißt du
das ganz genau. Mach dir die Dinge so einfach und erreichbar
wie möglich, denk nicht, dass du ein gutes Leben haben willst,
ein paar gute Tage reichen schon. Dass ich so viele Fahrstunden
brauche, liegt auch daran, dass ich meine, ich müsste schon im
Voraus sämtliche Fallstricke des Verkehrs erkennen. Mein Fahrlehrer hat mir etwas Simples, aber Brauchbares gesagt. Der Körper folgt dem Blick. Wenn ein Baum am Straßenrand steht, solltest du den Kopf lieber nicht danach umdrehen, denn dann fährst
du direkt drauf zu. Es ist ein verbreiteter Irrtum, dass man dem,
wovor man Angst hat, in die Augen schauen soll. In Wirklichkeit
sollte man woanders hinschauen, sonst wird man die Angst nie
los. Du kannst ohne Sorge zum Arzt gehen, eingesperrt wird nur,
wer an blindem Optimismus krankt. Angst gehört zum Leben
jedes intelligenten Menschen. Unsere Generation weiß, dass

Flugzeuge in Gebäude stürzen und Menschen aus dem Fenster springen können. Wir verstehen, dass Körperzellen sich wild teilen, Menschen Bomben unter der Jacke haben und auf der Autobahn Geisterfahrer auftauchen können. Alles geht einmal vorbei, das solltest du als Erleichterung empfinden. Lieber, guter Schlafloser. Das Leben ist kein Ereignis, sondern eine flüchtige, gleichmütige Bewegung durch einen dunklen Raum. Dennoch kann es hier und da vorkommen, an einzelnen Orten, dass man etwas Schönem begegnet. Einem schönen Gedicht, einem besonderen Bild, einer Aussicht, die uns sprachlos macht. Deine Aufgabe besteht darin, deine Lebenszeit bestmöglich zu verbringen, während du auf den Tod wartest.

Herzlichen Gruß, der Kummerkasten

Durch die großen Fenster des Speisesaals sehe ich draußen eine Menge Netze, die sich ruhig im Wind bewegen. Daneben stehen dreiundzwanzig Paar Gummistiefel, in verschiedenen Brauntönen verschlammt. Die Naturgruppe war fischen, mein Sohn sitzt auf meinem Schoß und schleckt an einer Scholle. Krümelchen von der Panade kleben auf seiner Zunge, sie glitzern im Licht der Deckenleuchten. Auf dem Stuhl gegenüber von meinem Freund rekelt sich Emma in hrem bauchfreien Top so, dass sie möglichst viel von ihrem Körper freilegt. Nein, nein, nein, ruft die Öko-lehrerin, im Laufschritt bahnt sie sich einen Weg zu dem Ende des Tisches, wo wir mit unserem Sohn in seinem Kindersitz essen. Daran kann er doch ersticken, ruft sie und reißt ihm den Teller weg. Die Ökolehrerin berichtet von verschiedenen Kindern, die unter diversen Umständen erstickt sind, was sich leicht hätte vermeiden lassen. Wie bitte, du kennst tatsächlich drei Kinder, die erstickt sind, sage ich. Wie sich herausstellt, hat sie davon in einem Artikel gelesen, aber die Ökolehrerin sagt, deswegen ist es ja nicht weniger wirklich, sie nimmt meinen Sohn auf den Schoß. Er schaut sich nach dem Fischfilet um, steckt den Finger in das Schüsselchen mit der Remoulade und verteilt die gelbe Masse sorgfältig auf seinen Wangen. Ich mache die Ökolehrerin darauf aufmerksam, dass wir es hier mit einem zertifizierten Naturkind zu tun haben. Er kann schon selber Fische fangen und verfügt über ein breites Wissen über kleine und mittelgroße Wattwürmer, sagt mein Liebster. Man könnte sagen, er wäre in der Lage, jederzeit deinen Job zu übernehmen, sage ich zur Ökolehrerin. Sie wischt meinem Sohn den Mund ab. Mein Freund sagt, wir haben uns vollkommen bewusst dafür entschieden, unseren Sohn die Welt nicht als etwas Gefährliches erleben zu lassen. Das ist aber kein Grund, seine Gesundheit leichtfertig aufs Spiel zu setzen, murmelt die Ökolehrerin, aber bitte, eure Sache. Nach dem Essen baut sich die Naturgruppe mit dem Küchenpersonal in einer Reihe auf und nimmt unsere Huldigungen entgegen. Plötzlich stößt Emma einen lauten Ruf aus und reißt unseren Sohn vom Kinderstuhl. Es gibt einen Aufruhr, die Ökolehrerin rennt hinaus, um die Küchenchefin zu holen, die hat fünf Kinder und beherrscht den Heimlich-Griff. Mit unbewegter Miene schnappt sie sich unseren Sohn, legt ihn sich bäuchlings über den Unterarm und klopft ihm auf den Rücken. Alles geht sehr schnell, und hinterher schaut unser Sohn ganz überrascht aus der Wäsche. Ein Pfützchen Erbrochenes mit einer weißen Gräte drin blickt uns vom karierten Tischtuch an, mein Freund und ich liegen uns weinend in den Armen, und die Ökolehrerin versucht, uns zu trösten.

Wir denken immer, das geht vorbei, diese Nächte hin und her in der Wohnung, während wir *Brüder, zur Sonne, zur Freiheit* singen. Wir haben eine eigene Wiegenliedversion erfunden, fangen laut und hysterisch schnell an und singen dann immer langsamer und leiser, bis die Melodie in einer Art Flüstern verklingt. Unser Sohn wedelt lachend mit den Armen. Sobald wir aufhören, schreit er los. Eigentlich können wir ihn wirklich gut leiden, aber eines ist jetzt schon ganz klar, das wird mal einer von denen, die ganz vorn vor der Bühne stehen, Bier in den Haaren, und sinnlos betrunken nach einer Zugabe rufen, begeistert und außerstande, auf irgendwas zu warten. Wir träumen von schönen Postkarten, die unser Sohn uns schickt, einer fröhlichen Stimme auf Skype, Fotos, wo er auf Bergen steht oder zwischen lächelnden jungen Menschen am Strand sitzt. Die wenigen Male, wo er im Laufe dieses Frühlings schläft, trinken wir Portwein und surfen im Netz. Wir sehen uns Bilder von Tulpenfeldern und Kanälen an, die sich mitten durch Amsterdam schlängeln. Wir freuen uns, unsere Wangen werden rot. Wir träumen von Heineken und Gouda, von wildem Sex in billigen Motels. Schau doch gleich mal nach, wann was Passendes ab Hamburg fährt, sagt mein Liebster, und ich glaube, uns beiden geht im selben Moment auf, dass wir nach günstigen Zugpreisen im Jahre 2034 suchen. Die Kindheit unseres Sohnes kommt uns vor wie ein Ausnahmezustand, eine Art Karneval, bei dem wir unter bizarren Masken zu fremdartigen Rhythmen tanzen. Wir hatten gedacht, dieser Tanz bliebe folgenlos, in dreißig Jahren würde unser Sohn uns einholen und wir würden alle lachend auf der Ziellinie stehen. Einander mit langstieligen Gläsern zuprosten und auf seine Kindheit wie auf ein übermütiges Fest zurückblicken, an das man sich voller Freude und mit dem einen oder anderen Filmriss erinnert. Plötzlich und verspätet geht uns auf, dass unser Sohn uns niemals einholen wird, dass wir, wenn er so alt ist wie wir jetzt, über sechzig sein werden, müde nach all den Jahren, vielleicht sogar noch müder als jetzt, eine absurde Vorstellung. Wahrscheinlich haben wir bis dahin einen abgelegenen Bauernhof in Schweden gekauft und hoffen, dass unser Sohn an verlängerten Wochenenden mal mit seiner Familie vorbeischaut. Wir gehen mit seinen Kindern raus, nach Elchen schauen, machen Lagerfeuer am See und zählen am nächsten Morgen, wer die meisten Mückenstiche hat. Unser Sohn und seine Liebste schlafen friedlich im Nebengebäude, und wenn sie wieder aufbrechen, werden wir einander anschauen und uns fühlen, als wären wir selbst dieser einsame Hof. Dann schieben wir den Staubsauger zurück in den Schrank, wischen die Krümel vom Tisch, klappen die Gartenmöbel wieder zusammen und stellen sie in den Schuppen zurück. Die Fensterläden werden zugeklappt, jemand macht eine letzte Runde durchs Haus, schließt in allen Zimmern die Türen, entdeckt noch ein paar Spinnweben, mag sie aber jetzt nicht mehr entfernen. In der Spätnachmittagssonne werfen wir lange Schatten, ein Schloss klickt, ein vergessener Puppenwagen versteckt sich hinter dem Holunderstrauch. Wir hören Reifen über Kies rollen, ein Auto fährt langsam von dannen, und wir werden zu einem einsamen Bauernhof, dem klar wird, dass bald der Winter kommt.

Wiegenlied für die Untröstlichen

Elegie

Singbar auf die Melodie von: *Hej, Pippi Langstrumpf*
(Komp.: Jan Johansson)

Wenn die Sonn' versinkt
Widde-wird der Himmel ein Gemälde
Und der Regenwurm
Widde-widde-wickelt sich zum Schlaf
Hej, sing mit mir
Ein Duettchen der Verzwei-eiflung
Hej, wenn die Brandung
den Strand zusammenschiebt

Wenn's so weit ist
Dann will ich in die Welt
Weil allen das gefällt
Und lehrreich soll es auch noch sein
Wilde Natur
Ein aben-teurer Spaß
Doch leisten wir uns das
Damit wir wieder zu uns komm'n

Schöne harte Welt
Wudde-wudde-wunderbar und seltsam
Draußen vor der Tür
Wadde-wadde-wartet sie auf uns
Hej, schneller, schneller!
Wenn du das hörst, schau nach Westen raus
Da stehn die Eltern
In dem kalten, kalten Wind

Von Nacht bedeckt
Da blökt ein Dämm'rungsschaf
Das Dohlenklagen klingt
Bald lauter als das dei-ei-ne
Doch das Konzert
Ist schlagartig herum
Du lächelst traurig-stumm
Und deine Augen fallen zu

Im Land
der
kurzen Sätze

Zwischen die Striche, sagt Parkplatzpeter, mit Betonung auf *zwischen*. Wir sitzen vor der Indoor-Sportarena von Ringkøbing in seinem Audi, einen halben Meter vor der Parklücke. Anfangs hatte ich Probleme damit, ihn zu verstehen, aber allmählich bin ich mit seinem Dialekt vertrauter. Und dann rückwärts rein, sagt Parkplatzpeter. Rückwärts, sage ich, einfach rückwärts. Bei dir weiß man nie, wo man dran ist, sagt Parkplatzpeter. Ich lasse die Kupplung los, beinahe fahren wir ein abgestelltes Fahrrad um. Auch rückwärts ist rechts immer noch rechts und links immer noch links, warum können Frauen das einfach nicht begreifen, murmelt Parkplatzpeter mit einer gewissen Verbitterung, die ihm auf seltsame Weise gut zu Gesicht steht. Na hör mal, geht's noch, sage ich und frage, ob er wirklich denkt, man könnte die Hälfte der Weltbevölkerung so über einen Kamm scheren. Ja, sagt Parkplatzpeter. Wir versuchen es an einer anderen Parklücke. Einschlagen, einschlagen, einschlagen, ruft er. Er sagt, der einzige Unterschied zwischen Geradeaus- und Rückwärtsfahren ist, dass man nicht geradeaus fährt, sondern rückwärts. Parkplatzpeter fragt, ob ich rechts-links-blind bin. Ich erzähle, dass ich als Kind die Buchstaben spiegelverkehrt geschrieben habe, bis zur fünften Klasse. Mein Name sah aus wie in kyrillischen Lettern geschrieben, sage ich. So was in der Art brauchen wir hier, sagt Parkplatzpeter und gibt mir einen Karamellbonbon. Ich schlage das Lenkrad eineinhalb Umdrehungen ein und blicke über die Schulter. Parkplatzpeter macht die Tür auf, um den Abstand zum Strich zu kontrollieren. Er meint, es gibt Hoffnung, und wir vereinbaren die nächste Stunde. Weiß oder schwarz, fragt er, als er seinen Kalender vorholt. Ich sage, nein, keine Schwarzarbeit, als Sozialistin zahle ich gern meine Steuern. Teures Vergnügen, sagt Parkplatzpeter.

Lieber Kummerkasten,

ich bin ein junger Mann, vor Kurzem haben wir Zwillinge bekommen. Ich freue mich sehr, jetzt eine Familie zu haben, und meine Frau ist in fast allem ganz fantastisch. Trotzdem kommt es mir manchmal so vor, als ob sie auf mich wütend wäre, ohne jeden Grund wütend. Ich versuche, so viel zu helfen wie möglich, und finde, dass ich mich nicht vor meiner Verantwortung drücke. Trotzdem schaut sie mich manchmal so an und fragt: Soll ich sie stillen, oder willst du. Ich habe schon vorgeschlagen, dass wir abstillen und stattdessen Fläschchen geben, damit ich mich mehr beteiligen kann. Dann stöhnt sie, dass von allen Seiten die Muttermilch empfohlen wird, als Vorbeugung gegen Infektionen, Asthma und Allergien. Ich verstehe nicht, was ich falsch mache, verstehst du das?

Mit freundlichen Grüßen, ein Mann

Lieber Mann,

die Frau von meinem Freund Frederik heißt Line. Sie hatte eine sehr komplizierte Geburt, fast drei Tage lang. Line sagte nichts, nur manchmal bewegte sie den Kopf, als wollte sie Fliegen verscheuchen. Mitten in einer Presswehe hörte sie plötzlich, wie Frederik eine Krankenschwester um zwei Ibuprofen bat. Er hatte die ganze Nacht am Computer gesessen und gespielt, und als er gegen drei Uhr morgens ins Bett wollte, war das Wasser abgegangen. Während Line kotzte, hörte sie ihren Mann zur Hebamme sagen, er habe wohl verkehrt gesessen, jetzt habe er einen so verspannten Nacken. Sie stemmte sich in der Geburtswanne hoch, das Wasser floss in Strömen von ihrem gewaltigen Körper herab. Sie kletterte über den Rand, humpelte nackt in den Flur und packte die Hebamme beim Arm, die gerade zum Arzneischrank wollte. Zum ersten Mal machte Line den Mund auf und gab etwas anderes von sich als unartikulierte Tierlaute. Wenn du Frederik auch nur eine Ibu gibst, bring ich dich um, sagte sie so langsam und deutlich wie eine Schauspielerin, die gerade ein Hörbuch einspricht. Die Hebamme kannte sich mit Schwangeren aus, tätschelte ihr die Schulter und wollte den Schrank aufmachen. Line schaute ihr tief in die Augen und legte ihr die Hände um den Hals. Aus der Entfernung mochte das aussehen wie eine Umarmung, aber Frederik stand nah genug, dass er sehen konnte, wie Lines Finger die Gurgel der Hebamme liebkosten. Schon schaute die Frau nach dem Alarmknopf an der Wand gegenüber. Okay, sagte sie und ging mit Line zurück ins Geburtszimmer. Ich habe die Geschichte mit mehreren Freundinnen diskutiert, die Ansichten sind geteilt. Es gibt gute Argumente dafür, dass Frederik seine Ibu hätte kriegen sollen, aber man muss das differenziert sehen. Das Problem ist einfach, dass alles sehr, sehr schwer sein kann. Lieber Mann. Darf ich vorstellen? Die Urwut. Du musst verstehen, hier handelt es sich um einen biologischen Aufstand, der sich gegen die Natur selbst richtet. Man darf das nicht mit gewöhnlicher Verbitterung verwechseln, wir haben es vielmehr mit blinder Raserei zu tun, deren Echo durch die Zeiten hallt. Was du da spürst, ist nicht nur die Wut deiner Frau, sondern auch die Wut ihrer Mutter und die ihrer Großmütter. Sie gilt der kollektiven Angst, vergewaltigt zu werden, sie gilt schwindelerregenden Menstruationsbeschwerden, einsamen Geburten und dem Gefühl, dass niemals jemand Danke sagt. Niemand ist daran schuld, es ist einfach eine Bürde, die wir tragen, und das können wir nicht immer stumm. Hüte dich vor der Urwut. Nimm sie nicht persönlich, aber nimm sie ernst.

Herzlichen Gruß, der Kummerkasten

Es ist der 8. März, ich habe zum Frauenkampftag ins Mylles geladen. In meinem selbst gestrickten lila Pulli mit geballten Fäusten und Frauenzeichen auf dem Bauch stehe ich in der offenen Tür. Verzeih, dass ich einen BH trage, sagt Krisser, und verzeih, dass ich konservativ wähle, aber danke, dass ich kommen darf. Wir sehen Emma an einem Tisch mit ein paar Mitschülerinnen. Sie hat schwarze Ränder unter den Augen. In einem Anfall von Gruppenirrsinn haben sie einander die Haare praktisch komplett abgeschnitten. Die sehen aus wie KZ-Häftlinge, flüstert Krisser, warum müssen Feministinnen immer so gesäuert dreinschauen. Nehmt euch ein Glas Champagner, sage ich, wenn Leute zur Tür hereinkommen, fröhlichen Kampftag. Wenn er nicht aus der Champagne kommt, darf man Champagner nicht als Champagner bezeichnen, sagt Krisser. Asti ist doch auch gut, sagt die Schulleiterin. Nein, sagt Krisser, Asti ist ein vulgärer Anschlag auf den guten Geschmack. Immer mit der Ruhe, sagt Mona, wir stoßen an. Dass ich betrunken bin, erkennt man am deutlichsten an meinem Zeigefinger. Jedes Mal, wenn ich recht habe, schnellt er in die Luft, unbeirrbar. Ich torkele hinter meinem gezückten Zeigefinger her in die Rauchschwaden, die das Mylles durchziehen. Ich krieg meinen Führerschein schon noch, rufe ich Mona zu, nichts ist unmöglich, wenn man tief in seinem Herzen dazu entschlossen ist. Zur Schulleiterin sage ich, dass sie leuchtet, dass ihre Augen strahlen wie tausend Sterne. Weint um mich, weint, flüstere ich, Rom steht in Flammen. Ach Gottchen, sagt die Schulleiterin. Eigentlich kann ich dich gut leiden, flüstere ich Emma zu, denn du bist wütend. Lies Valerie Solanas, lies Rosa Luxemburg, kauf dir einen Revolver. Emma lächelt, ohne ihren säuerlichen Gesichtsausdruck abzulegen, und notiert sich die Titel, die ich ihr diktiere. Ich kann der von Krisser in eine Ecke gedrängten Ökolehrerin deutlich ansehen, dass sie ganz dringend mal pinkeln müsste. Sie reden über die grünen Fächer an der Heimvolkshochschule, Krisser ist übelst besoffen. Du bist keine Start-up-Unternehmerin, denn du hast einen Küchengarten, sagt sie zur Ökolehrerin, einen Garten kannst du nicht up-starten. Die Ökolehrerin versucht, ihr die grundlegenden Gedanken hinter der Permakultur zu vermitteln, Krisser stöhnt. Ach, Ökolehrerin, denke ich, nichts ist so traurig wie eine müde Idealistin. Sie sieht alles im globalen Zusammenhang, sie denkt über Solarzellen und essbare Insekten nach, sie hat rote Wangen und brennt für ihre Sache. Jetzt reißt mir gleich der Geduldsfaden, sagt Krisser augenrollend. Up-startest du hier vielleicht mal ein paar Kurze, ruft sie und wirft mir schwungvoll ihr Portemonnaie zu. Ich fange es im freien Flug direkt über Monas Pferdeschwanz. Du hast ja keine Ahnung, was es heißt, ein Hotel zu betreiben, sagt Krisser und starrt die Ökolehrerin intensiv an, die den Kopf schüttelt. Die Schulleiterin schlägt klirrend zwei grüne Flaschen aneinander und hält eine Rede über die Frauen im Leben des Begründers der Volkshochschulen, Grundtvig, das Kindermädchen, die Mutter und die Ehefrauen. Als ich mit zwei Granatapfel-Shots zurückkomme, hat Krisser Tränen in den Augen, die Ökolehrerin sitzt neben ihr und hat ihr den Arm um die Schultern gelegt. Geht es um die Stühle, sage ich. Beide nicken. Wenn Krisser betrunken ist, kommt sie immer wieder auf eine Fehlbestellung zurück, die sie sich nicht verzeihen kann. Jetzt stehen die Dinger in der Lobby und schauen sie jeden Morgen vorwurfsvoll an. Ihre Tage sind gezählt, murmelt sie und zeigt uns Fotos der Stühle aus verschiedenen Blickwinkeln. Die Musik aus der Jukebox verebbt, die Münder der Leute gehen lautlos auf und zu, ich betrachte Mona. Du bist wirklich schön, sage ich zu ihr, das finde ich schon immer. Mona gibt mir ein Glas Wasser und schlägt vor rüberzugehen und ein paar Nägel einzuschlagen. Der Baumstumpf steht in einem Hinterzimmer, Mona gewinnt, sie braucht nur fünf Hammerschläge. Nun muss man aber auch sagen, sie übt zu Hause in ihrer Garage, wenn die Fahrschüler sich mal wieder unmöglich angestellt haben. Da ist auch ein Hauklotz für dich, Dolph, lächelt Mona. Was glaubst du, warum bin ich ein so hoffnungsloser Fall, frage ich. Ach, du bist eben so, sagt sie. So was, rufe ich. Alternativ, sagt Mona und reicht mir den Hammer. Über ihrem Kopf leuchtet ein Heiligenschein auf, am liebsten würde ich mich auf einem Knie niederlassen und gleich hier auf dem schmierigen Betonboden um ihre Hand anhalten. Du musst nach Hause, sagt Krisser, ich ruf dir ein Taxi. Davon ist noch niemand schwanger geworden, sage ich. Kommt drauf an, wer im Taxi sitzt, sagt Krisser. Flexbirgit holt eine Plastiktüte aus dem Handschuhfach und gibt sie mir, dann schnallt sie mich an. Als wir auf den Fjordvej einbiegen, sehe ich, dass Mona in der Kneipe auf einen Stuhl gestiegen ist. Hello Kitty tanzt rund um ihren Körper, sie reckt ihre Flasche in die Luft. Wer will was, ruft sie, Velling, antwortet die gesamte Belegschaft, während der Fjord im Dunkeln liegt und lauscht.

Wir sitzen in dem Bunker unten am Strand und blicken durch ein Loch in der Wand auf die Nordsee. Anders Agger hat zwei Sahneteilchen vom Konditor mitgebracht, wir beobachten die Wellen, die abwechselnd auf uns zurollen und sich wieder zurückziehen, mit regelmäßigem Atemzug. Die steife Gischt sieht aus wie kleine, über den Sand tanzende Skulpturen aus Seifenschaum. Er fragt, ob es vorwärtsgeht, ob ich meine Übungen mache. Ich hatte gerade so ein Erlebnis mit der Küchenchefin, sage ich. Sie hat mir gezeigt, wie man Risotto macht, wir haben mit kleinen Bürsten Pilze geputzt und Zwiebeln gehackt. Da hat sie gesagt, jedes achte Reiskorn muss sich in den Zähnen festsetzen, und mich streng angeschaut, während ich Parmesan rieb. Ich habe gesagt, es wäre ganz wunderbar, wenn sie bei uns zu Hause wohnen und jeden Abend essen machen würde. Schon ganz gut, sagt Anders Agger, du würdigst ihr Können und verleihst der Dankbarkeit Ausdruck. Danke, sage ich. Sie fand auch, das könnte nett sein. Dann könntest du auch auf unseren Sohn aufpassen, habe ich gesagt, du kannst so gut mit Kindern. Anders Agger schreibt etwas in sein Notizbuch, ich kann nicht lesen, was. Och ja, hat die Küchenchefin gesagt, eins mehr oder weniger. Du könntest dafür sorgen, dass er abends einschläft, habe ich gesagt, und danach könntest du ganz leise zu meinem Liebsten und mir ins Doppelbett schlüpfen und ein bisschen frischen Wind in unser Sexleben bringen. Mit einem Seufzen sagt Anders Agger, ich hätte schon ein Riesenglück, dass ich kein Mann bin. Die Küchenchefin hat dann ein Wiegemesser genommen und glatte Petersilie gehackt. Es wurde ganz still, das übrige Personal hörte auf zu gießen, drehen, hacken, waschen, schütten und trocknen. Irgendwie hatte das mit dem Timing zu tun, sage ich, ich dachte, das passt jetzt. Du leidest unter freischwebenden Assoziationen, sagt Anders Agger. Mein Mund ist voller Sahne, du bist der Einzige, der mich versteht, sage ich. Dann muss ich mir etwas Sahne von den Haarspitzen wischen. Ich weiß nicht, ob ich da ganz bei dir bin, sagt er, aber ich sehe deine Logik. Und wie bist du da wieder rausgekommen, fragt er, er klingt ganz fürsorglich. Wir wollen es mal bei Essen und Kindern belassen, hat die Küchenchefin sehr bestimmt gesagt, und alle nahmen die Arbeit wieder auf. Es ist fast bewundernswert, wie unermüdlich du deine Fehler wiederholst, sagt Anders Agger. Zähl bis zehn, bevor du was sagst, kürzere Sätze und weniger Bilder. Oder Klebeband, murmele ich, aber Anders Agger schüttelt den Kopf und sagt, wo Wörter sind, ist Hoffnung.

Ich setze mich auf den Beifahrersitz neben Malte, der zu seinem großen Kummer letzte Woche die Führerscheinprüfung bestanden hat. Vor der Kita angekommen, will ich den Kinderwagen im Kofferraum unterbringen. Das absolut Schlimmste daran, Mutter zu sein, sage ich zu Malte, ist das ganze Zubehör. Ich hasse Sachen, die aufgeklappt, zusammengebaut oder auseinandergepult werden müssen. Überhaupt Sachen, die in andere Sachen reinmüssen. Echt unglaublich, dass ich überhaupt Geschlechtsverkehr zustande bringe, sage ich zu dem Nachbarn, der gerade den Kopf über seine Hecke steckt. Ich hasse Wäscheständer, Schlafsofas, Klappbetten, Überraschungseier. Hohe Stühle, Klappstühle, transportable Spieltische. Und was Kinderwagen angeht, da hab ich null Toleranz, sage ich. Der Emmaljunga-Kinderwagen, frohlocken die Leute, der ist ja so leicht zusammenzuklappen. Einfach die Griffstangen lösen, dann nur noch den Schieber betätigen, und hopsa. Wenn ich gleichzeitig an den beiden Seiten des Griffes ziehe, passiert nur leider überhaupt nicht dasselbe wie bei allen anderen Leuten. Ich zähle bis zehn, stelle das Monstrum ab, gehe ein paar Schritte zurück, nähere mich wieder. Emmaljunga kriegt einen Schlag verpasst, selber schuld. Ich versuche, die Verriegelung aufzukriegen, aber als ich die Schieber loslasse, springt alles wieder zurück. Ich verpasse dem Kinderwagen ein paar Fußtritte. Erst nur so leicht ans Rad, damit es für die Passanten wie ein freundschaftlicher Stubs aussieht, ach, wie gut, dass ich meine Kinderwagenräder habe, eine Art High Five mit dem Fuß. Dann aber schlage ich mit den Fäusten auf das Verdeck ein, schleudere es auf den Bürgersteig und bemühe mich, mein tierisches Gebrüll nicht zu laut werden zu lassen. Maj-Britt macht das Fenster auf und ruft mit ihrer ruhigen Stimme nach mir, mit derselben, als würden sich zwei Kinder um eine Puppe zanken. Sie alarmiert Bent, der rasch angelaufen kommt.

Maj-Britt reicht mir ein Glas Wasser aus dem Fenster. Mein Gesicht ist schweißnass. So springe ich mit meinem Sohn aber nicht um, sage ich zu Maj-Britts Gesicht, das über einen Blumentopf voller Bubiköpfchen im Fensterrahmen hängt. Ich weiß doch, sagt sie. Nors Mutter parkt gerade ein, die Kinder springen aus dem Auto. Sie sagt, mit einem Odder würde mir das nicht passieren. Spätestens bei Nummer zwei hat sie das eingesehen, seitdem gibt es für sie nichts anderes mehr. Das Ehepaar von gegenüber ist aus dem Haus gekommen, sie heben das Plüschkaninchen von meinem Sohn auf und wischen es ab. Sie hatten einen Emmaljunga für ihre Jüngste, jetzt klappen sie das Gestell zusammen mit Bent ein, indem sie unten einen Riegel verschieben, der mir noch nie aufgefallen ist. Vor lauter Gewaltfantasien kriege ich kaum mehr Luft, dieser Emmaljunga ist derart ungerecht, von der gesamten Nachbarschaft lässt er sich willig zusammenklappen, nur mir widersetzt er sich, dabei bin ich doch seine Besitzerin. Ich erzähle von meinem Liebsten. Der findet, angesichts von praktischen Dingen blockiere ich einfach, sage ich, für ihn ist es eine Grundsatzfrage, dass ich den Kinderwagen eigenhändig zusammenklappen können soll. Dein Mann meint das sicher gut, sagt der Nachbar. Sie sind nicht verheiratet, sagt Bent, ich knalle den Kofferraumdeckel zu. Jetzt, wo Emmaljunga weg ist, spüre ich, dass meine Wut sich ein neues Ventil sucht. Ich sage, wenn ich nach Hause komme, schlage ich meinen Freund tot. Nors Geschwister schauen verunsichert drein. Das sagt man nur so, flüstert Nors Mutter. Ich fange die Blicke der Kinder auf und schüttele den Kopf. Wie willst du ihn denn umbringen, fragt Nors Bruder ängstlich, aber auch bewundernd. Mit einer Schaufel, sage ich, und danach ist der Kinderwagen dran. Jetzt fahr erst mal nach Hause und entspann dich ein bisschen, sagt der Nachbar, ihr braucht nur eine Pause voneinander. Mir ist nicht ganz klar, meint er meinen Liebsten oder Emmaljunga. Du kannst so viel anderes, ruft Maj-Britt, als sie das Fenster schließt. Mein Sohn winkt ihr vom Rücksitz aus zu. Danke für eure Hilfe, sage ich zu der kleinen Versammlung. Wir in Velling wollen was, lächelt Nors Mutter.

Lieber Kummerkasten,

ich bin achtzehneinhalb Jahre alt und denke viel nach. Einer meiner Lehrer ist unglaublich attraktiv, groß, dunkel, er hat früher als Model gearbeitet. Ich bin so in ihn verliebt, und ich glaube, er könnte dasselbe für mich empfinden. Letzte Woche Freitag waren wir in der Kneipe, da haben wir uns am Tresen vor der Zapfanlage lange zugelächelt, und er war im Dienst, also weiß ich, er war nicht betrunken. Wir hörten gerade A Whiter Shade of Pale, *ich hab fast keine Luft mehr gekriegt. Ich hatte so Lust, mit ihm zu tanzen, aber es kam mir unpassend vor zu fragen. Am nächsten Tag habe ich den Song auf Facebook verlinkt, und das erste Like kam von ihm! In einem halben Jahr bin ich Studentin, soll ich so lange warten, bis ich ihm meine Liebe erkläre? Glaubst du, er liebt mich auch?*

Herzlichen Gruß, Vanilla

Liebe Vanilla,

missversteh mich recht, ich kann die Anziehung begreifen. Das
schöne, großartige Verbotene. Abgesehen davon, finde ich deine
Zuschrift ziemlich weltfremd. Es mag sein, dass das eine mensch-
liche Schwäche ist, aber ich habe null Toleranz für Traumtänzer.
Dass die einen halben Meter über dem Erdboden schweben
und sich alles Mögliche ausmalen, das provoziert mich. Ich mag
meinen Nachbarn Sebastian an sich sehr gern, auch, weil er so
empfänglich für Inspirationen ist. Gestern hat er zwei Stunden
bei mir im Wohnzimmer gesessen und mit strahlenden Augen
über nachhaltige Lebensführung geredet. Ganz verträumt hat er
ausgesehen. Jetzt will er sich Hühner anschaffen. Okay, habe ich
gesagt, warum nicht. Außerdem will er seine Arbeit kündigen,
er braucht ein Reset, so hat er das gesagt. Mir war schon klar, er
hatte irgendeinen Artikel gelesen, von dem er besser die Finger
gelassen hätte, sicher hat er den ausgeschnitten und schon mit
einem Magneten an die Kühlschranktür gehängt, und der hat
etwas in ihm ausgelöst, etwas Gefährliches, Unkritisches. Sebastian will aus dem Hamsterrad raus und oben an der Straße
Eier verkaufen, er will einen Kräutergarten anlegen und Obst-
bäume pflanzen. Petersilie, Salbei, lächelte er, und ich musste
tief durchatmen. Du hast zwei Kinder, sagte ich, die brauchen
alles Mögliche. Besitz ist nicht alles auf der Welt, sagte Sebastian,
tief in dem Irrtum befangen, er wäre hier derjenige, von dem
man etwas lernen könnte. Die brauchen was zu essen, sagte ich,
Anziehsachen, Weihnachtsgeschenke. Die brauchen Eier und
Kräuter, faselte Sebastian, morgens nach dem Aufstehen würde
er die Hühner füttern, barfuß in Sandalen, ein paar Handvoll
Körner in den Garten streuen. Es ist Mitte März, sagte ich, viel
zu kalt für nackte Füße. Aber meine Worte drangen nicht in die

Ohren meines Nachbarn ein, die waren schon von lauter verwirrten Hühnern besetzt. Liebe Vanilla. Wer Eier verkaufen will, muss als Erstes ein Hühnerhaus bauen. Willst du in die Kräuterbranche, wende dich an eine Gärtnerei. Will man einen Liebsten, dann jedenfalls nicht diejenige Person, die einem die Noten fürs Jahreszeugnis gibt. Man kann sich mitreißen lassen vom Klang eines schönen Songs oder dem fröhlichen Gackern der Hühner, aber vergiss nicht, nur, weil etwas verboten ist, macht es dir noch lange keine besseren Orgasmen. Ich rede aus Erfahrung. Und noch was: Hat man mal den Kindergarten glücklich hinter sich, gibt man sein Alter nicht mehr in halben Jahren an.

Herzlichen Gruß, der Kummerkasten

Ich konnte an nichts anderes mehr denken, sagt Krisser, sie erzählt vom letzten Jahr, als sie ihr Sommerhaus in Stauning kaufte, nachdem sie dort mal spazieren war. Es hat einfach zu mir gesprochen, sagt sie und macht einen Weißwein auf. In den Wochen danach hatte Krisser alle Hände voll zu tun, ihren Schwiegervater zu inspirieren, der das Haus nach ihren Anweisungen instand setzte. Wir arbeiten wahnsinnig gut zusammen, sagt Krisser. Sie zeigt mir die Terrasse. Ich setze mich auf eine Klappliege und blicke auf die von Karstens Vater verlegten Planken. Als wir uns ein paar Monate lang kannten, geschah es manchmal, dass Krisser urplötzlich verstummte. Es kommt über sie wie ein Windstoß aus heiterem Himmel, sie blickt ganz abwesend. So auch jetzt. Ich beiße mir in die Unterlippe und denke an Anders Agger. Ich bin vollkommen unsicher, ob die Situation total bizarr ist oder ganz gewöhnlich. Ich gerate in Panik und schreibe ihm eine Nachricht. Nach einer halben Minute vibriert mein Handy. Sie entspannt sich einfach nur in deiner Gegenwart, schreibt er. Ich zünde mir eine Zigarette an und nehme eine Handvoll Chips. Die rascheln in meinem Kopf, das entspannt mich. Sollen wir uns vielleicht ein Freundinnentattoo machen lassen, frage ich. Vielleicht, sagt Krisser abwesend. Ein Seepferdchen oder so, sage ich. Krisser fragt, ob man nicht vielleicht das Hotel als Miniatur zeichnen könnte. Mit einem Blick auf ihren Oberarm sagt sie, das könnte ein bisschen sehr breit werden, wenn der Anbau mit drauf soll. Mit Krisser befreundet zu sein, fühlt sich manchmal an wie leichter Liebeskummer, nicht zum ersten Mal ertappe ich mich bei einer gewissen heimlichen Eifersucht auf das Hotel. Ich spüre, dass Krisser das Interesse an unserem Gespräch verliert, sie gibt keine Worte mehr von sich, nur noch kleine Laute. Man muss ja auch nicht immer reden, denke ich, es ist doch wunderbar entspannend, mit einer guten Freundin dazusitzen und auf den Fjord zu schauen. Die Kinder schlafen, die Sonne geht bald unter, die Chips krachen, das Gras wächst. Unsere Gläser sind leer, ihr Mund steht leicht offen. Schau mal, ein Reh, ich deute auf die Büsche am Ende des Gartens. Wo, Krisser steht auf. Eben war es noch da, sage ich und halte ihr mein Weinglas hin. Morgens sieht Krisser das Reh manchmal, wie es am Gras knabbert, dann winken Vera und sie ihm zu. Hast du gewusst, dass Rehe vier Mägen haben, frage ich. Nein, sagt Krisser und verstummt wieder. Was denkst du, frage ich so oberflächlich wie möglich. Ich chille nur, sagt Krisser. Bist du müde, frage ich. Eigentlich nicht, sagt sie. Ich muss dann mal nach Hause, sage ich und stehe auf. Warum denn, fragt Krisser verwirrt, als hätte ich irgendetwas unterbrochen.

Wie lange kann das Schweigen zwischen zwei Freundinnen anhalten, rufe ich der Schulleiterin zu, die gerade ihre Hecke schneidet. Eine Viertelstunde, sie schaltet die elektrische Heckenschere aus, im Auto auch etwas länger. Hier draußen läuft so was einfach ein bisschen anders, sagt die Schulleiterin, als wir in ihrer Küche sitzen, ist einfach so. Freundschaften entstehen aus Notwendigkeit, sie sind wie ein Straßengraben, wenn man pinkeln muss, ansonsten hält man an sich. Aber alle brauchen Zeugen und Alibis, Gäste bei Festen, Leute, mit denen sie sich umgeben können. Die Schulleiterin gibt mir eine Tüte mit einer Schleife drum. Oh, von Sebastian, frage ich. Wie manch andere hat sie nicht schnell genug reagiert, und jetzt ist es zu spät. Nein, großartig, hat die Schulleiterin begeistert gerufen, als Sebastian ihr zum ersten Mal sein selbst gebackenes Knäckebrot überreichte. Es war mit Dinkelmehl und fünf verschiedenen Körnern gebacken, die er selber geschrotet hatte, Sebastian strahlte, verpackte und verteilte. Ich bin ganz wild auf Knäckebrot, hatte die Schulleiterin unvorsichtigerweise gerufen. Sie hatte das Päckchen geöffnet und einen großen Bissen genommen. Und das mir, die ich es hasse, was Trockenes im Mund zu haben, sagt sie. Das Knäckebrot war zu hart, es krachte zwischen ihren Zähnen, sie spürte, wie die Krümel sich im Zahnfleisch festsetzten, und sie machte sich ernste Sorgen um ihre Goldplomben. Die verschiedenen Körner explodierten in ihrem Mund, sie versuchte, sie mit der Zunge zwischen den Zähnen rauszuholen. Man schmeckt geradezu, wie gesund das ist, brachte sie irgendwie heraus, ziemlich gedämpft, den Mund voller Körner. Jetzt gab es bei jeder Begegnung Knäckebrot, das hatte sie davon. Kaum drehte sie eine kleine Runde im Garten des Staunens, schon steckte Sebastian den Kopf aus dem Fenster und drückte ihr ein hartes viereckiges Päckchen in die Hand. Deine Wochenration, lächelte er aus der

Tiefe seines reinen, großen Herzens. Was macht ihr denn damit, fragt die Schulleiterin. Vögel, sage ich. Auf ihrem Schreibtisch liegt eine lange Liste mit Namen. Ist das das Eheanbahnungsinstitut, frage ich. Sie nickt. Die Schulleiterin hat ein Sternchensystem, um zu bezeichnen, wie umgänglich jeder Einzelne so ist. Jähzornig, aber gastfreundlich, steht unter dem der Friseurin, deren Mann kürzlich gestorben ist. Für die ist es noch zu früh, sagt der Mann der Schulleiterin, der gerade einen Pinsel reinigt, die Leiche ist ja noch nicht mal richtig kalt. Im Stapel finde ich auch den Namen von meinem Liebsten, ein Pfeil verbindet ihn mit meinem. Er hat fünf Sterne, ich nur zwei. Oho, mache ich. Du bist Einzelkind, das gibt Abzug, und dann liegt es auch an deinem Temperament, sagt sie. Lieb, aber stur, steht unter unserem Namen. Eigentlich seid ihr ein abgeschlossener Fall, sagt die Schulleiterin, nur die Formalitäten müssen noch geregelt werden.

Lieber Kummerkasten,

ich bin eine fünfunddreißig Jahre alte Frau und seit Langem unfreiwillig Single. Ich habe alles versucht, aber es ist unmöglich, einen zu finden, der meinen Bedürfnissen entspricht. Ich habe schon überlegt, mich bei der Sendung Married at First Sight *zu bewerben, aber ich weiß nicht, mir ist meine Privatsphäre sehr wichtig, wahrscheinlich würde es mich stressen, ständig mit der Kamera verfolgt zu werden. Auf der anderen Seite wäre es auch übel, nicht teilzunehmen und zusehen zu müssen, wie eine andere meinen potenziellen Lebenspartner abkriegt. Ich weiß, irgendwo da draußen ist mein* one and only, *aber wie soll ich ihn bloß finden?*

Mit freundlichen Grüßen, eine Suchende

Liebe Wählerische,

die Begriffe, die im Zusammenhang mit der Partnersuche verwendet werden, stammen aus der Sprache des Konsums. Es geht um die Bedürfnisse, Wünsche und Erwartungen des Einzelnen. Das finde ich bizarr, denn wir suchen doch gerade einen Ausweg aus dem ewigen Ich, Ich, Ich. Je besser man weiß, was man sucht, desto schwerer ist es zu finden. Wir sind alle Tiere, es ist unmöglich, sich auszudenken, wer genau zu uns passt, denn die Wirklichkeit ist kein Blumenstrauß, den du nach Wunsch arrangieren und dann ins Fenster stellen kannst. Lass einfach mal los, stell dir vor, du wärst eine offene Tür zum Garten, eine Klappliege, die in der Sonne entfaltet wird, ein gutes Buch, das aufgeschlagen im Gras liegt. Einen Liebsten zu finden, das bedeutet, sich einem anderen Menschen zur Verfügung zu stellen. Frag nicht, was dein Date für dich tun kann, frag, was du für dein Date tun kannst. Die meisten Menschen meinen, sie bräuchten etwas ganz anderes als das, was ihnen verzweifelt fehlt. Die gute Nachricht: Es ist an sich ziemlich einfach. Wenn du lustig bist, musst du nicht nach einem suchen, der auch lustig ist, sondern nach einem, der gern lacht. Kochst du gut, dann pirsche nicht nach einem Koch, sondern nach einem, der gern isst. Liebe Wählerische. Alle Menschen haben in sich einen einsamen, dunklen Raum. Stell dir ein Loch am Meeresgrund vor. Wir versuchen, es mit allem Möglichen zu stopfen, mit egal was. Briefmarkensammlungen, Schrebergärten, Rucksackreisen, Schoßtiere, Alkohol, Literatur. In schwachen Momenten denken wir, dieses Loch hätte Menschenform, es wäre ein kleines Puzzlespiel, in dem nur noch ein Teilchen fehlt. Wir suchen danach, nach dem, was ganz genau hier passt und die Dunkelheit vertreiben kann. Das ist irgendwie sehr lieb, aber es ist falsch. Die Dunkelheit gehört uns selbst, wir können sie mit niemandem teilen. Dein *one and only* ist kein anderer, das bist du selbst, und du bist allein.

Herzlichen Gruß, der Kummerkasten

Mein Liebster ist müde und hat einen Kater, das wird mir klar, sobald ich das Gespräch begonnen habe. Er hat nicht die passende Laune für meine Lebenskrise. Ich fühle mich gefangen, sage ich, ich komme mir vor wie in einem Käfig aus Kind und Wind. Es ist noch früh am Morgen, ich sehe genau, wie mein Liebster überlegt, ob er es wagen kann, Kaffee zu machen, während ich weine. Sein Blick flackert, er hat so irrsinnig Lust auf eine Tasse Kaffee. Er schätzt die Strecke zum Küchentisch ab, wo die Maschine neben der Dose mit Kaffeebohnen steht. Ich habe nur meine Einsamkeit, er hat auch den Frühling, eine Heimvolkshochschule und einen Tennisplatz. Er ist mit einem Kollegen verabredet, ich kann sehen, wie er sich bemüht, nicht auf die Uhr zu schauen, sondern auf mein Gesicht, als wäre es eine Kinoleinwand, und er müsste später in einer Kritik die Handlung zusammenfassen. Er unterdrückt ein Gähnen. Die meisten Frauen, die ich kenne, können mit geschlossenem Mund gähnen, aber das sind Profis, er nicht. Jetzt sehe ich, er fasst einen Beschluss, dann legt er mir zwei Blatt von der Küchenrolle hin. Er beginnt einen Satz und bewegt sich redend rückwärts Richtung Küchentisch, wo er sozusagen nebenbei Wasser in die Kaffeemaschine füllt und Kaffee mahlt. Weinen ist völlig in Ordnung, sagt mein Liebster, und mir schwant, er erinnert sich selbst daran, dass ich ein Recht auf Tränen habe. Ich glaube, uns unterscheidet, dass er blind auf Trost vertraut. Das Problem mit meinen Tränen ist nur, dass sie nicht wie ein paar Regenwolken vorüberziehen, stattdessen verhalten sie sich wie *Beverly Hills 90210*, es geht immer weiter und weiter, und wenn man irgendwann denkt, jetzt kann es unmöglich noch eine Staffel geben, dann geht es mit den Wiederholungen los. Der Kaffee läuft durch, mir wird klar, alles hat seine Grenzen. Ich weiß, mein Liebster wartet, und wenn er fertig gewartet hat, wartet er noch ein Weilchen. Teils aus Pflichtgefühl, aber vor allem aus Liebe, auch wenn beide Empfindungen sich natürlich abwechseln und ein bisschen überlappen. Wahrscheinlich treffen wir uns wieder, wenn alles überstanden ist, er erleichtert, ich wieder etwas zuversichtlicher. Trotzdem weiß ich genau, entscheidend ist die Reihenfolge, es kann ja auch sein, dass er das Warten leid ist, bevor ich fertig geweint habe.

Kneif die Beine zusammen, ruft mir Krisser ins Ohr. Wir sitzen auf einem Rodeostier in Baboon City vor den Stadttoren von Herning. Heute ist Betriebsausflug mit ihren Angestellten, und Krisser hat darauf bestanden, dass ich mitkomme. Als sie heute Morgen bei mir anklopfte, sagte sie, das wird ein stiller und gemütlicher Tag, außerdem musst du mal raus. Dann half sie mir in ein T-Shirt mit dem Logo des Hotels auf dem Bauch. Aber warum denn bloß, fragte ich, ich kam mir vor, als würde ich für etwas bestraft, das ich gar nicht getan hatte. Personalpflege, sagte Krisser und warf die Autotür hinter mir zu. Im Hauptquartier reden sie manchmal über Krisser. Wenn ihre Fahrschüler praktische Prüfung haben, hoffen sie immer, dass Krisser nicht ihr Unwesen auf den Straßen treibt. Warum blinkst du bloß nie, frage ich. Geht doch niemanden was an, wo ich hinwill, und sie biegt scharf Richtung Herning ab. Ihre rasende Fahrt durch eine langsame Welt amüsiert mich. Aber es rührt mich regelrecht, wie sie manchmal stillsteht, felsenfest, wie ein Beschluss. Manchmal taucht sie aus dem Nichts auf, und zwar oft in Momenten, wenn ich sie am allermeisten brauche, und dann steht sie einfach da. Im Moment sitzen wir aber dicht hintereinander auf dem Rücken von diesem künstlichen Stier. Einfach tief Luft holen und festhalten, sagt Krisser, und bei jeder anderen Person hätte ich gedacht, ich sollte das symbolisch verstehen, als eine Botschaft an mich und mein Leben, aber es ist ja Krisser, da bedeutet es nur, tief Luft holen und festhalten. Aneinandergeklammert, fliegen wir im Sattel auf und ab. Baboon City verschwimmt, die Gesichter lösen sich auf, Farben und Plastik verschmelzen im Geflimmer von Angst und Traum.

Ich bewege mich durch den Frühling wie ein Blatt im Wind, jeden Morgen sitze ich unten am Fjord ganz am Ende eines Badestegs. Ich beobachte, wie die Vögel zurückkehren, hellgrüner Farn entrollt sich, die Kirschbäume blühen wie zum Hohn oder zur Erinnerung. Ich begreife es als eine Form des Wartens oder als stumme Demonstration. Wir reden nicht darüber, aber manchmal kommt Krisser vorbei und setzt sich neben mich. Na, was ist, sagt sie. Nichts weiter, flüstere ich.

Hoffnungsloses Frühlingslied

Kirchenlied
Singbar auf die Melodie von:
Du bist der Weg und die Wahrheit und das Leben
(Komp.: Johannes Nitsch)

Hör nur den Wind
Diesen seufzenden Boten
Hinter den Hecken ballt
Sich öde Villenpracht

Die Gänse schnattern
Winter wispert von den Toten
Voll Wut und Trauer
Ruf ich aus der tiefsten Nacht

Was hat den Zugvogel
Zu früh zurückgebracht?
Wem winkt der Zweig im Wind
Wenn einsam ist die Nacht?

Ich spür den Frieden
Der in der Liebe liegt
Die Frühlingswehmut, die
Im Glockenschlag sich wiegt

Ich paddele langsam fort,
Mich trägt mein Tränenschwall
Die Frau beim Heckenschnitt
Das Lied der Nachtigall
Sind, wenn die Hoffnung aufgibt
Ein letzter Appell
Doch pünktlich mit dem Sommer
Wird es wieder hell

Sieh mal, der Verkehr ist ein Ort, an dem man sich gegenseitig hilft, sagt Parkplatzpeter, die anderen werden schon Platz machen. Ich frage, wie er sich da so sicher ist, ich spüre den Puls in meinem Körper pochen. Wir befinden uns auf dem Messeschnellweg südlich um Herning herum. Es wollen doch alle gern zum Abendessen nach Hause, sagt Parkplatzpeter. Die Auffahrt bin ich stumm und zitternd hinaufgerollt, am Ende habe ich die Augen zugemacht und links geblinkt. Du darfst dir die anderen Fahrer nicht als Feinde vorstellen, sagt Parkplatzpeter, die meisten sind ganz gewöhnliche Menschen auf dem Weg von A nach B. Das soll ich nicht vergessen, obwohl er auch schon Autofahrer erlebt hat, deren Persönlichkeit sich schlagartig veränderte, sobald sie hinterm Steuer saßen. Höfliche Menschen, die anderen in der Schlange an der Supermarktkasse mit Vergnügen den Vortritt lassen, aber wenn auf der Landstraße vor ihnen einer zu langsam fährt, dann werden sie von Mordlust gepackt. Das Auto ist ein privater Raum, der sich durch die Öffentlichkeit bewegt, darum haben die Leute beim Fahren so schnell das Gefühl, dass ihre Grenzen verletzt würden. Parkplatzpeter sagt, es ist ähnlich wie im Internet. Weil man keine Gesichter sieht, vergessen die Leute, dass am anderen Ende lebende Menschen sitzen und mit ihnen kommunizieren. Ich frage nach seiner größten Schwäche als Fahrer. Tempo, sagt Parkplatzpeter. Über all die Jahre hat er zwar nur ein einziges Knöllchen kassiert, aber hin und wieder macht er allein einen Ausflug nach Deutschland. Und dann, frage ich. Dann gebe ich Gas, sagt Parkplatzpeter, die haben dort auf der Autobahn keine Geschwindigkeitsbegrenzung. Was ich an Parkplatzpeter so mag, er hat immer eine Antwort auf meine Fragen, als ob das zu seinen Aufgaben als Fahrlehrer gehören würde. Für mich ist das Auto jetzt eine Art Beichtstuhl. Ich erzähle Parkplatzpeter alles, was ich seit dem letzten Mal gedacht und gefühlt habe. Mittlerweile nimmt er meine Beichte mit geradezu erschütternder Seelenruhe entgegen. Während ich spreche, vergesse ich, Gas zu geben, Parkplatzpeter deutet auf meinen Fuß. Also, überholen, sagt er, wir sind schon ein paar Minuten lang hinter einem Schweinetransporter hergekrochen. Meine Hände zittern, ich blinke und starre blind in den Rückspiegel. Nicht über die Standspur, ruft Parkplatzpeter, links. Entschuldigung, sage ich mit einem raschen Seitenblick auf ihn. Mitten in all seiner Geduld blickt da ein Wolf aus seinen Augen. Ich denke, eine solche Ruhe kann nur ausstrahlen, wer auch imstande ist zu explodieren. Das ist eine besondere Form von Beherrschung, aber man muss sie sich erkämpfen. Man legt sie an wie eine Windjacke, wenn man weiß, es gibt eine steife Brise. In ihm lauern jahrelange Ärgernisse, an die ich manchmal rühre, eine besondere Art von Neugier, ein Gewimmel von Schülern und Freunden, Autos und raren Ersatzteilen. Wirst du mich vermissen, wenn ich irgendwann mal die Prüfung bestehe, frage ich. Ja, sagt Parkplatzpeter. Man gewöhnt sich ja an so vieles.

Anders Agger erkundigt sich, was es auf dem Kriegspfad der Gespräche Neues gibt. Wir trinken in seinem Wohnzimmer Kaffee, ich berichte von meinen Fortschritten und Rückschlägen an der Kommunikationsfront. Er findet, ich soll neutrale Beziehungen suchen. Man muss nicht allen gleich nahe sein, sagt er, manchmal ist es genau richtig, die Grenzen zwischen den Menschen zu wahren. Du hast selbst eine Sendereihe gemacht, die *Innenansichten* heißt, sage ich, und du hast den ganzen staatlichen Rundfunk, um Themen für dich zu finden, das ist nicht jedem vergönnt. Er hält mir ein Schüsselchen Kekse hin. Selbst gebacken, frage ich. Supermarkt, sagt Anders Agger. Ich helfe ihm dabei, Geschenke für den Bingoabend des Sportvereins Ringkøbing zu verpacken. Der ganze Boden liegt voller Geschenkpapier und Seidenband. Hast du für so was Zeit, frage ich. Anders Agger schüttelt den Kopf. Er erzählt, dass es ihm einfach sehr schwerfällt, Nein zu sagen. Es liegt an den Windrädern, sagt er. Wenn Anders Agger durch seinen Garten geht, hört er die Flügel summen. Ja, ja, ja, ja, flüstern sie über seinem Rasen und den Johannisbeersträuchern. Es ist irgendwie ansteckend, sagt Anders Agger. Stell mich vor einen Altar, gleich will ich heiraten. Kenne ich gut, sage ich, während ich ein Stück Geschenkpapier von einer Rolle schneide, aber dagegen muss man ankämpfen. Mein Gesicht und mein Körper sind auch ein einziges großes Ja. Wenn ich in Kopenhagen in der Innenstadt unterwegs bin, werde ich sofort von Obdachlosen, Straßenmusikanten und hungrigen Vögeln umringt. Alle können sie mir ansehen, dass ich nicht imstande bin, Nein zu sagen. Ich bin in sämtlichen Vereinen Mitglied, wo man in Dänemark nur Mitglied sein kann. Nicht wegen einer besonders sozialen Einstellung, einfach nur, weil ich von Situationen mitgerissen werde. Ich blicke die aggressiven Anwerber aus meinen großen, kloakenfarbigen Augen an, während sie die Probleme der Welt schildern, und ich sehe das alles leibhaftig vor mir. Einen verängstigten Pandabär, das Maul voll Bambus. Gerodete Regenwälder, bedrohte Tiere, hungrige Kriegsopfer, Frauen, denen Gewalt angetan wurde. sos-Kinderdörfer, denen es an Ressourcen fehlt, traurige Muslime voller Sehnsucht nach einer Moschee, es braucht nicht mehr als einen einleitenden Satz, schon läuft der Film von selbst auf meiner Netzhaut ab. Ja, rufe ich dann, ja, natürlich will ich helfen, und die Tante, deren Aufgabe es ist, mich zu beschwatzen, kann es kaum glauben, sie hat doch den Höhepunkt ihres Monologs noch lange nicht erreicht, hat gerade erst angefangen. Das kennt sie nicht, fast ist sie enttäuscht. Sonst denkt sie immer, sie wäre ihre eigene endlose Leier schon längst leid, aber jetzt, wo ich sie ihr wegnehme, zieht sie verärgert die Augenbrauen hoch. Sie hält inne, aber ich unterschreibe schon tief bewegt im Namen der Gerechtigkeit alles, was man mir hinhält. Irgendwann hat meine Bank mich gezwungen, mich aus verschiedenen Organisationen abzumelden, berichte ich Anders Agger, sie wollte meinen Beitrag zum Weltfrieden nicht länger finanzieren, sagte mein Vermögensberater. Ich musste einen Rundruf bei verschiedenen begriffsstutzigen Überzeugungstätern starten, allerdings war es dann doch nicht so schlimm, wie ich gedacht hatte. Ich war gut vorbereitet, ich sagte, Entschuldigung und leider, ich melde mich sofort wieder, wenn plötzlich der Reichtum über mich kommt. Du solltest dir ein sehr praktisches Wort merken, sage ich zu Anders Agger. Und zwar das hervorragende Übergangswörtchen Jein. Erst sagst du wie sonst Ja, aber nach einem Weilchen wandelst du es ganz unmerklich ab, über das Jein zu einem Nein. Man sollte aber halten, was man verspricht, sagt Anders Agger, während er eine hübsche Schleife bindet. Dieser Luxus ist nur dem Neinsager vergönnt, sage ich, wir anderen müssen da schon pragmatischer sein, sonst gehen wir in den Diensten an der bedürftigen Welt unter. Kannst du mir folgen, frage ich. Jein, murmelt Anders Agger. Lauter, rufe ich mit einem Fingerzeig auf noch nicht verpackte Geschenke.

Jein, sagt er, und wir öffnen die Gartentür. Jein, brüllen wir im Chor, während wir zwischen Tulpen und Erdbeeren herumtrampeln, jein, jein, jein. Hat das nicht gutgetan, sage ich. Schon, sagt Anders Agger, und ich folge seinem Blick zu den am Himmel vorüberziehenden Wolken.

Lieber Kummerkasten,

ich schreibe, weil ich einen Rat für den Umgang mit meiner Ex-Freundin brauche. Wir haben vier Jahre lang zusammengelebt und dann beschlossen, getrennte Wege zu gehen, da unsere Zukunftsvorstellungen nicht miteinander vereinbar sind, aber wir sind nicht direkt verfeindet. Aus praktischen Gründen sind wir gezwungen, noch ein paar Monate in derselben Wohnung zu bleiben, aber jedes Mal, wenn ich sie sehe, werde ich wütend. Seit unser Entschluss feststeht, ist es, als könnte ich in ihr überhaupt nichts Gutes mehr sehen, dabei weiß ich doch, mit den Augen der Vernunft betrachtet, dass sie ein wunderbarer Mensch ist. Alles, was ich geliebt hatte, ist weg, es ist einer vollkommen unangemessenen, unverhältnismäßigen Verachtung gewichen. Es gibt keine Möglichkeit, der Kommunikation aus dem Wege zu gehen, wir müssen ja noch die Einrichtung aufteilen und unser Dasein auf eine vernünftige Weise auseinanderdividieren. Wir sind beide in den Fünfzigern und haben keine gemeinsamen Kinder. Wie soll ich mit meinen negativen Gefühlen umgehen?

Mit freundlichen Grüßen, ein Verbitterter

Lieber Verbitterter,

ein Zug kann einen anderen verbergen, und ebenso schiebt sich die Wut vor andere Gefühle, meist vor Hunger, Trauer oder Angst. Vielleicht ist man nur so wütend auf seinen Ex, weil etwas verschwunden ist, ähnlich, wie wenn man ein Kind im Supermarkt aus dem Blick verliert und es, nachdem man es wiedergefunden hat, aus reiner Liebe ausschimpft. Ich persönlich kenne eine Wut, die sich für wer weiß wie schlau hält, aber sofort in sich zusammenfällt, sobald ich Menschen, die ich mal geliebt habe, in Fleisch und Blut wiedersehe. Schaue ich einen kleinen Augenblick weg, verwandelt sich die Raserei in ungetrübte Liebe, die ohne Rücksicht auf Verluste weiterlebt und jederzeit wieder aufflammen kann. Lieber Verbitterter. Tief im Labyrinth der Wut gibt es den Garten der Trauer, und wenn notwendig, muss man ihn aufsuchen.

Herzlichen Gruß, der Kummerkasten

Vor unserer Tür ballen sich elf Schüler dicht gedrängt. Mein Freund hat seine Kontaktgruppe zu heißer Schokolade eingeladen. Manche von den Schülern haben einander die Arme um die Schultern gelegt, andere halten sich bei der Hand, aber alle lächeln sie erwartungsvoll, als ob unsere Türschwelle der Ort eines Rituals wäre, zu dem sie geladen sind. Sie wollen in Kleingruppen darüber reden, was sie bei ihrer Ankunft in der Schule empfunden haben, was sie jetzt empfinden und was sie in der Zwischenzeit empfunden haben. Sie überreichen meinem Freund einen Blumenstrauß und sagen, dass wir eine schöne Wohnung haben. Vertrauensvoll sehen sie meinen Freund und mich an, wie man Erwachsene so ansieht, und ich denke, es ist nur eine Frage der Zeit, bis sie uns durchschauen. Vor ein paar Jahren machten mein Liebster und ich ein Fest, das ein bisschen aus dem Ruder lief. Mit ein paar Freunden waren wir den ganzen Sommer durch Polen gefahren und hatten fünf verschiedene Wodkasorten mitgebracht. Damit machten wir eine Blindverkostung. Der Abend nahm eine eher unerwartete Wendung. Die Nachbarn klopften an, sie wollten kein Judas Priest hören, unser Freund Troels schlief auf der Toilette ein, eine Binde vor den Augen. Mein Freund und ich wiederum brachen zusammen, nachdem wir Troels einen Schwanz auf die Wange gemalt hatten, dessen Spitze auf seinen Mund deutete. Am nächsten Abend lagen wir mit einem göttlichen Brummschädel auf dem Sofa und schauten die Spätnachrichten. Plötzlich erschien Troels auf dem Bildschirm, denn es gab eine neue Untersuchung über den Alkoholgebrauch Jugendlicher, zu der er sich als Soziologe äußern sollte. Die Ergebnisse der Untersuchung sind alarmierend, befand er, die Situation rufe nach Maßnahmen. Bei genauerem Hinsehen war auf der rechten Seite seines Gesichts ein ovaler Schatten erkennbar. Für Uneingeweihte mochte der durchaus wie Bartstoppeln aussehen. Ansonsten war

Troels perfekt gepudert, seine Krawatte saß bestens. Mein Freund erläutert gerade die Alkoholpolitik der Schule bei Studienfahrten. Er sagt, es hat ja niemand was davon, wenn man bei Besuchen im Ausland die Hälfte der Zeit einen Kater hat. Es kommt darauf an, die Tage gut zu nutzen, sagt mein Freund. Die Schüler möchten gern wissen, ob es eine Regel dafür gibt, wie viel sie trinken dürfen. Nein, sage ich. Es ist aber nicht verboten, das Hirn einzuschalten, sagt mein Freund. Die Schüler lachen. Ach was, sage ich, manchmal muss man einfach seinen Instinkten folgen. Ihr werdet doch nicht um Erlaubnis zum Ausrasten bitten, wo bleibt da die Revolte, frage ich, habt ihr keine Triebe. Mein Freund rät ihnen, vernünftiges Schuhzeug mitzunehmen. Wenn ich ein bisschen direkt sein darf, sage ich, dann finde ich, ihr solltet mehr Sex haben und weniger nachdenken. Falls ihr Lust dazu habt, sagt mein Freund, es ist auch völlig in Ordnung, Nein zu sagen. Ich sage, es ist ein Irrtum zu denken, dass die sexuellen Eskapaden die menschlichen Werte einer Person widerspiegeln würden. Ich selbst habe sehr breit gestreute Vorlieben, das macht die Sache leichter, sage ich, es ist wichtig, ein bisschen weltoffen zu sein. Die Schüler nicken ernst. Na, vielen Dank für die Kommentarspur, sagt mein Freund, er findet, ich soll meine guten Ratschläge für Leute aufheben, die mir schreiben und wirklich darum gebeten haben.

Ich sitze auf der Ladefläche von Sebastians Lieferfahrrad und esse Popcorn, er summt Bruchstücke einer Melodie, die er gerade in der Mache hat. Wir sind eine Woche mit den Kindern allein, die ganze Schule ist nach Ungarn gereist. Ist das denn klug, fragt meine Mutter am Telefon. Stell dir vor, er wird von einer Schülerin verführt, sagt sie, von so was hört man ja immer wieder. Ich blicke Sebastian augenrollend an. Meine Mutter spricht die vielen Schulfeste an und wie der Alkohol selbst eine solide Moral unterminieren kann. Wenigstens steht er nicht auf die ganz Jungen, sagt meine Mutter, du bist ja vier Jahre älter als er. Genau, sage ich. Aber dann kann es mit einer Kollegin passieren, sagt meine Mutter, das ist zwar nicht genauso schlimm, aber doch unpraktisch, schließlich wohnt er an seinem Arbeitsplatz. Ich sage, die Schulleiterin hat ihre Schäfchen sehr gut im Griff, meine Mutter nickt hörbar. Unglaublich gut aussehende Frau, sagt sie, und manche Männer sind ja auch auf Frauen scharf, die ihre Mutter sein könnten. Ich mache ihr klar, dass es meinem Freund und mir gut miteinander geht. Meine Mutter sagt, ich sei ja völlig von ihm besessen, das sei ich schon immer gewesen, aber sie glaubt auch ganz sicher, dass er mich liebt. Jetzt stehen wir draußen in Maj-Britts Garten, sie fixiert mit zusammengekniffenen Augen eine Stelle auf Sebastians Bauch. Das klafft ja auf da, sagt sie bedrohlich und zieht an seiner Jacke. Normalerweise ist es ziemlich unmöglich, sie aus der Fassung zu bringen, aber bei schlampig ausgeführten Handarbeiten versteht sie keinen Spaß, das gibt Maj-Britt selbst zu. Mit dem Zeigefinger fährt sie an der Naht neben dem Reißverschluss über Sebastians Oberkörper entlang. Sie zupft an dem grünen Stoff, der zwischen Reißverschluss und Futter hervorschaut, sie seufzt laut. Sodom und Gomorrha, sagt Maj-Britt. Ich verspüre angesichts dieser biblischen Übertreibung eine unerwartete Freude. Du Perversling, flüstere ich Sebastian zu, als Maj-Britt hineingeht, um den Nähkorb zu holen, dass du es wagst, dich aufgeklafft vor eine Kita zu stellen. Maj-Britt hält ein paar Fäden in verschiedenen Grüntönen an Sebastians Ärmel. Wo hast du das denn machen lassen, fragt sie, bei Braut, Fest und Strick. Sebastian weiß es nicht mehr, und Maj-Britt zieht ihm die Jacke aus, als ob er eins von ihren Kita-Kindern wäre. Bent bringt sie dir heute Abend vorbei, sagt sie und legt die Jacke in die Küche. Sebastian studiert einen Plastik-behälter mit Müsli und erkundigt sich, ob Maj-Britt die Hafer-flocken selber quetscht. Nein, sagt sie und fädelt einen Faden ein. Sebastian setzt sich auf die Bank und spricht über Knäcke-brot, während Maj-Britt den Reißverschluss vorsichtig heraus-trennt und wieder einnäht. Muh, ruft mein Sohn und kommt zu mir gerannt. Das kommt mir wirklich nicht normal vor, sage ich. Doch, doch, sagt Maj-Britt. Ich ziehe unseren beiden zerti-fizierten Naturkindern die Jacken an, während Sebastian uns über den Unterschied von Mehl mit und ohne Keim informiert. So, jetzt klafft hier nichts mehr, sagt Maj-Britt.

Lieber Kummerkasten,

ich habe als Angestellte gearbeitet und bin letztes Jahr in Rente gegangen. Jetzt habe ich viel mehr Zeit zum Leben als früher. Oft verwende ich sie dafür, alle Nachbarn in unser Sommerhaus einzuladen. Ich koche was Leckeres und schmücke Haus und Garten mit Blumen und Laternen. Ich denke schon, dass die Leute sich wohlfühlen, aber sie erwidern meine Einladung nur selten. Jetzt bin ich wirklich unsicher, ob ich die Reaktionen der Nachbarschaft vielleicht falsch deute, ob die anderen mich womöglich als Sonderling betrachten, der einen Wink mit dem Zaunpfahl nicht versteht. Soll ich den Grillabend, auf den ich mich so freue, absagen oder einfach unverdrossen weitermachen?

Mit besten Grüßen, Regitze

Liebe Regitze,

lass mich den Schleier von diesem Rätsel lüften. Du bist ein groß-
zügiger Mensch voller Energie, und darum verstehst du nicht,
wie wir Normalsterblichen funktionieren. Vor ein paar Jahren beschlossen mein Freund und ich, ein Herbstfest steigen zu lassen.
Natürlich war diese Idee bei einem anderen Fest entstanden, wir
hatten jede Menge Bier intus, es war eine von den hellen Mitt-
sommernächten, die Welt wirkte grenzenlos weit und offen. Na
klar, wir machen ein Fest, riefen wir einander zu und luden sofort sämtliche Bekannten ein. Dann kam die Dunkelheit ge-
schlichen. Kaum meldet sich eine praktische Frage, geben mein
Freund und ich geräuschlos auf, sobald wir uns etwas Konkre-
tes vornehmen, erstirbt etwas in uns. Seit wir zusammen sind,
sind wir schon etliche Male umgezogen, was jedes Mal ungefähr
so abläuft: Wir reden monatelang darüber. Streiten uns ein bisschen, vertragen uns wieder, sind beide ganz der Meinung, dass es
der Stress sein muss. Wir legen uns in Löffelstellung ins Bett und
streicheln einander den Kopf, während unsere Eltern kommen,
unsere Bücher in Kartons und unsere Sachen in Tüten packen
und dafür sorgen, dass wir was in den Magen kriegen. Danke,
flüstern wir und ringen uns dazu durch, die Webseite des Bürger-
services anzuklicken, um die Adressänderung zu melden. Wenn
unsere Familien die Umzugskisten in unser neues Zuhause gebracht, Lampen aufgehängt und Wände gestrichen haben, sind
mein Freund und ich vollkommen erledigt und nehmen uns fest
vor, nie wieder umzuziehen. Unser Freund Mathias hat uns an-
geboten, wir könnten ja das Fest bei ihm veranstalten, aber nein,
wir waren störrisch. Ausgeschlossen, sagte mein Freund, und
ich schüttelte den Kopf. In der Woche direkt vor dem Fest lag
unsere ganze Wohnung voller Papierschnipsel. Auf denen standen

Bier, Chips, Dips. Dann kamen Zettel mit Fragezeichen hinter den Wörtern. Barbecue. Urlaub. Dill. Wir machten Einkaufslisten und Merklisten und Gästelisten, warfen sie weg und schrieben neue, fügten hinzu und strichen weg. Dann kamen hoffnungsvolle Fantasien von Absage und plötzlicher Krankheit auf und wurden ein Teil unseres Alltags. Ich sagte zum Beispiel, vielleicht kriegen wir am Abend davor ja eine Lebensmittelvergiftung. Möglicherweise muss das Haus ja sowieso wegen verrotteter Rohre renoviert werden, sagte mein Freund. Wir wollten so gern einen Schleichweg zum Tag nach dem Fest finden, es einfach überspringen. Am Ende retteten uns die Muslime. Von unserer Wohnung hatten wir einen Blick auf eine Moschee, und dieser Umstand inspirierte uns dazu nachzusehen, ob möglicherweise der Ramadan mit unserem Fest zusammenfiel. Mit ein wenig gutem Willen konnte es durchaus so aussehen, als würden die Daten sich überschneiden, und so schrieben wir unseren Freunden eine bedauernde Mail des Inhalts, wir wollten einen religiösen Feiertag nicht mit einem sinnlosen Besäufnis verhöhnen. Es wäre ein recht unpassendes Signal an unsere Wohnumgebung, wenn die Fastenden zu unfreiwilligen Zeugen unserer Ausschweifungen werden müssten. Unsere wunderbaren, progressiv gesonnenen Freunde waren voller Verständnis, manche bewunderten uns sogar für unsere Solidarität. Liebe Regitze. Eine Fete, die du selbst schnell mal eben mit links arrangierst, kann andere Leute schier um den Verstand bringen. Praktisch veranlagt zu sein, ist eine große Gabe, die darfst du niemals gering schätzen. Hoch mit den Laternen, raus mit dem Grill, und lass die Pfingstsonne tanzen.

Herzlichen Gruß, der Kummerkasten

Parkplatzpeter und ich sitzen in seinem Auto vor der Polizeiwache. Wir sind nervös und angespannt, denn ich habe Fahrprüfung. Wenn er nicht gebürtiger Westjütländer wäre, ich glaube, er würde mir die Hand halten. Ich hole meine Brille aus der Tasche und lehne mich zurück. Als letzten guten Rat erzählt Parkplatzpeter von dem Film *Der Pate*, den er jedes Jahr zu Weihnachten sieht. In einer bestimmten Szene misshandeln die Gangster eine Leiche, am Ende soll es aussehen wie ein nicht gewaltsamer Todesfall. *Make it look like a traffic accident*, sagt der Gangsterboss zu seinen Männern. Das sollst du natürlich nicht tun, sagt Parkplatzpeter, aber denk an geschminkte Leichen, sorge dafür, dass alles natürlich wirkt. Kannst du mir folgen, fragt er. Der Fahrprüfer naht, wir steigen aus dem Auto. Verwirrt durchblättert er meine Papiere und sieht Parkplatzpeter an. Siebenundachtzig Fahrstunden, sagt er. Dafür kann sie etwas, das wir beide nicht können, sagt Parkplatzpeter. Er berichtet, dass ich zwischen zwei Fahrstunden ein Kind zur Welt gebracht habe, was in der Gesamtrechnung berücksichtigt werden müsse. Und null Fehler in Theorie, preist Parkplatzpeter mich an, als ob er mich auf dem Basar verkaufen müsste. Aus lauter Nervosität habe ich vor der Prüfung nichts essen können, jetzt zittere ich fast vor Hunger. Wie immer, wenn ich menstruiere, blüht meine Leidenschaft für Essen wild und aggressiv auf. Der Fahrprüfer heißt Ole, er sagt, es sei meine Entscheidung, ob wir uns während der Fahrt unterhielten oder nicht, ich solle mich nicht gedrängt fühlen. Ich bevorzuge Schweigen, sage ich, dann kann ich mich besser konzentrieren. Dafür hat Ole Verständnis, er findet es vernünftig. Wir fahren Richtung Grønnegade, er räusperte sich ein paar Mal schnell nacheinander. Hier herrscht rechts vor links, einer der wenigen Orte in Ringkøbing, wo das gilt, ich bremse abrupt. Als wir an dem Burgerladen in der Vester Strandgade vorbeikommen, sage ich, ich habe wirklich schlimmen Hunger. An sich esse ich kein Rindfleisch mehr, aber wenn ich so ausgehungert bin, erscheint mir die weltweite CO_2-Bilanz nicht mehr ganz so wichtig. Ein Steak mehr oder weniger, sage ich, Ole ist ganz auf meiner Seite. Während unserer Unterhaltung gleitet Ringkøbing draußen vorbei wie Reklame im Fernsehen, die niemand beachtet. Ich blinke, warte, schaue in den Rückspiegel, über die Schulter, aber als Einziges sehe ich lauter virtuelle Steaks. Oles Frau liebt Salat und Tartes, da hat er für ein Steak kaum je mal eine Chance. Wenn du mit mir verheiratet wärst, sähe das ganz anders aus, sage ich, das kann ich garantieren. Ich schildere in allen Farben, wie man eine schöne fette Sauce béarnaise zu Hause herstellt, mit Estragon aus dem Garten und jeder Menge Butter. Er dirigiert uns in ein Industriegebiet und fordert mich auf, rückwärts um die Ecke zu fahren. Ich versuche es dreimal, lande aber entweder auf dem Bürgersteig oder sehr weit auf der Fahrbahn. Beim ersten Versuch schaut Ole enttäuscht drein, beim zweiten etwas betrübt und am Ende geradezu suizidal. Kannst du nicht wenigstens die Spur halten, fragt er mit einem Blick auf seine Armbanduhr. Schweigend fahren wir zurück. Als wir vor der Polizeistation anhalten, sieht er mich an. Du kriegst deinen Führerschein, sagt er, aber versprich mir bloß, dass du nur noch geradeaus fährst. Ich falle ihm um den Hals, Ole sagt, na, na. Als ich aussteige, wartet da ein kleines Grüppchen. Der Surfer beißt an seinen Fingernägeln herum, Mona und Malte rauchen einträchtig Kette, Parkplatzpeter lächelt mich an. Ich wedele mit dem kleinen weißen Zettel, meinem provisorischen Führerschein, alle fangen an zu klatschen. Ich strecke dem Surfer meine Rechte entgegen, er gibt mir High Five. Mona stellt sich neben Parkplatzpeter. Das ist ein Meilenstein in deiner Berufslaufbahn, sagt sie, und sie reichen einander die Hand. Krisser kommt mit ihrem Mercedes angefahren, parkt vor der Polizeistation und lässt den Korken von einer Champagnerflasche fliegen. Es knallt gewaltig, die Leute rufen Hurra. Eingestiegen, sagt Krisser und steckt mir eine Zigarre zwischen die Lippen.

Sebastian packt seine Gitarre ein. Bald werden wir beim Mittsommerfest von Velling auftreten, gerade haben wir unser Repertoire durchgesungen. Und, willst du am Wochenende zu Hause klaffen, frage ich, Sebastian seufzt. Er findet es nicht leicht, im hektischen Alltag Anregung zu finden, aber wenn seine Frau und er mal in Rente gehen, dann wird tüchtig geklafft. Ich mache Sebastian mit dem Ohrfeigensystem bekannt, das mein Liebster und ich entwickelt haben. Eine Zeit lang redeten wir ausschließlich über Feuchttücher, weil wir ja unablässig Windeln wechseln mussten. Wie kam es bloß, dass das oberste Feuchttuch im Päckchen immer fast trocken war. Stellten wir uns vielleicht beim Verschließen der Päckchen zu dusselig an, war die Marke, die wir benutzen, ein Vertreter der eher trockenen Sorte im Reich der Feuchttücher. Das warf eine lange Reihe Fragen auf. Waren unsere Feuchttücher überhaupt feucht genug, oder konnte man auch feuchtere Feuchttücher bekommen. Und wie feucht sollten Feuchttücher sein, damit man sie als Feuchttücher bezeichnen kann. Wir probierten verschiedene Marken aus, besprachen die Ergebnisse der Praxistests miteinander, befühlten sie und tauschten kritische Verbraucherblicke aus. Erst garnierten wir das mit ein wenig Ironie, schließlich hörten wir uns ja selber zu. Grinsend sprachen wir mit komisch verstellter Stimme, wenn wir uns über Feuchttücher unterhielten. Aber langsam holte uns der Ernst ein, unsere Stimmen bekamen einen wissenschaftlichen Beiklang. Wir bedachten die Feuchttücher mit Sternen, hängten eine Liste der verschiedenen Marken an den Kühlschrank. Erst kamen wir uns vor wie Detektive, dann wurden wir zu Robotern. Immer noch redeten wir über Feuchttücher, aber völlig mechanisch, was uns aber nicht auffiel. Die Schulleiterin musste uns mit der Nase daraufstoßen. Das wirke etwas ungesund. Wir protestierten der Form halber, wussten aber genau, sie hatte recht.

Feuchttücher bestimmten unseren Alltag, sie waren so etwas geworden wie ein lärmendes Instrument, das wir überall mit uns herumtrugen, ohne zu bedenken, ob wir seine Klänge überhaupt mochten. Schockiert entdeckten wir, dass die Feuchttücher wiederum nur ein Symptom einer weit gefährlicheren Gesprächskrankheit waren, sage ich zu Sebastian. Wir mussten erkennen, dass keiner von uns beiden an so einer Kommunikation, wie sie unser Leben gerade bestimmte, teilnehmen wollte. Warum schläft er nicht ein, isst er genug, ist das Quietschen oder Weinen, hat er Bauchweh. Großäugig schaute unser Sohn uns zu, sagte aber niemals was. Manchmal lächelte er, manchmal kotzte er oder fabrizierte grünen Dünnschiss, aber er verriet nie etwas. Ich will damit nicht sagen, dass man gar nicht über praktische Dinge reden sollte, sage ich, das ist ja eine Notwendigkeit. Man kann sich auch dafür entscheiden, lange und gründlich darüber zu reden, aber es sollte eben eine bewusste Entscheidung sein. Sonst werden sämtliche Gespräche von Gespensterkindern beherrscht. Die wollen euer Zuhause erobern, sage ich mit einem eindringlichen Blick an Sebastians Adresse, sie wollen sich auf eurem Sofa breitmachen und Popcorn fressen, am Küchentisch sitzen und unaufhörlich reden, während ihr Essen macht, sie wollen die Stimmen der Radiomoderatoren und Nachrichtensprecher kapern. Sie wollen zwischen euch im Doppelbett liegen, flüstere ich, und euch in den Schlaf singen, bis euch vor lauter Überdruss die Lider zuklappen. Euer Zuhause, euer Leben sind dann nur noch Behältnisse für alle möglichen Problemthemen. Gemüsebrei, Getreidebrei, Milch, Pipi. Darum, sage ich, redet über die Dinge, die ihr tun solltet, *während* ihr sie tut. Lasst es nicht ausufern. Wenn das Kind hungrig ist, redet über Essen. Über Kacka, wenn ihr Windeln wechselt. Beim Einschlafen über Schlaf. Wer dagegen verstößt, kriegt eine gelangt, sage ich und verpasse mir selbst eine Ohrfeige. Und nicht nur so, als ob, sage ich mit erhobenem Zeigefinger. Ihr haut einander so feste eine runter, wie ihr nur könnt, weiße Handabdrücke auf blutroten Wangen, klappernde Kiefer, und wenn es ganz schlimm war, gleich noch eine auf die andere Wange. Dafür, dass es funkt, muss man selber sorgen, und das tut man nicht mit Sex, sondern mit Sprache. Geschlechtsverkehr ist eine Kommunikationsform, für die es nichts braucht außer gut funktionierenden Geschlechtsorganen, ein gutes Gespräch hingegen verlangt nach Erfindungsreichtum und Vertrautheit. Gebt euch Mühe, sage ich. Es ist so leicht, das Alltagsgespräch verlottern zu lassen, versucht, Wörter wie Leberwursthäppchen, Vollkornbrotreiterchen und Mohrrübenstäbchen zu meiden. Persönliche, vertrauliche Gespräche sind das Beste, was man dem geliebten Menschen schenken kann, die Vertrautheit, die durch lange Anekdoten entsteht. Stellt euch die Sprache wie ein raffiniertes Sexspiel vor, sage ich, schlagt euch selbst und schlagt einander. Tut das denn nicht weh, fragt Sebastian. Doch, sage ich, soll es ja auch. Ich habe schon Stillohrfeigen kassiert, Wickelohrfeigen und Feuchttücherohrfeigen. Jetzt reden wir gar nicht mehr über unser Kind, sage ich, versucht das mal, dann hakt es auch nicht mehr beim Klaffen.

Ich radele über die Brücke auf Velling zu, es ist, als ob die Natur für mich einen Auftritt hinlegen wollte. Der Horizont springt mir ins Auge wie ein waagerechtes Ausrufezeichen, die Bäume lehnen sich aneinander wie in einem Tanz oder eine Familie. Als Maj-Britt mich hört, kommt sie zur Tür gerannt. Gerade habe ich dich anrufen wollen, sagt sie ganz aufgeregt. Sie hat meinen Sohn auf dem Arm. Wie macht das Schaf, fragt Maj-Britt und schaut ebenso stolz drein wie der Kleine, nachdem er etwas peinlich berührt lächelnd Mäh geflüstert hat. Was sagst du da, rufe ich aus und lasse ihn durch die Luft wirbeln. Mäh, ruft mein Sohn, wir tanzen herum, wir lachen und blöken den ganzen Heimweg über. Vom Kiesweg aus rufe ich meinen Freund, der kommt angelaufen. Unser Sohn hat begriffen, dass er hier der Star ist, denn als ich auf ihn deute, legt er erst mal eine Kunstpause ein. Mäh, sagt er dann feierlich. Mein Freund fasst nach meiner Hand. Mäh, sagen wir im Chor. Wir schauen unseren Sohn an, ganz verzaubert angesichts seiner Reise in das Reich der Vokale. Mäh, wiederholt unser Sohn, jetzt kraftvoll und entschlossen, mein Stolz stolpert irgendwie der Zukunft entgegen. Ich sehe liebeskranke Teenager vor mir, die um seine Gunst wetteifern, sportliche Ereignisse, bei denen er in der Mitte des Siegertreppchens steht. Ich weiß, er wird leuchten, er wird die Tage lustiger machen, die Erde schöner und die Menschheit besser. Mäh, sagt mein Sohn.

Lieber Kummerkasten,

ich schreibe dir wegen eines Dilemmas, aus dem du mir hoffentlich heraushelfen kannst. Ich bin seit sechzehn Jahren glücklich verheiratet, aber in letzter Zeit fantasiere ich über eine Nachbarin. Nach einer Begegnung bei gemeinsamen Bekannten haben wir uns auf Facebook befreundet und schreiben uns dort seitdem. Von Untreue war nie direkt die Rede, trotzdem herrscht zwischen uns eine Glut, die sich nicht löschen lässt. Ich bin zutiefst dankbar für meine Frau und vor allem für meine Kinder, aber ich bin blind vor Verliebtheit. Geht das irgendwann vorbei, oder muss ich mich scheiden lassen?

Viele Grüße, ein Verzweifelter

Lieber Verzweifelter,

so ein Schlamassel. Ich habe eine gute Freundin, Maria. Vor vielen Jahren machten sie und ihr Freund zusammen Ferien mit dem Rad. Es war ein glücklicher Sommer. Dann wollte sie Eis in der Waffel kaufen, eins für sich selbst und eins für Rasmus. Da stand sie vor dem Eiswagen und betrachtete die verschiedenen Sorten. Schoko, Vanille, Minze, Banane, sie war hin und her gerissen zwischen Schokostreuseln und bunten Streuseln. Sie sah den Eismann an. Und erstarrte. Da war etwas in seinen Augen, etwas in seinem Blick, und sie fingen an, miteinander zu reden. Vergessen waren Schokolade, Vanille, Minze und Banane, sie redeten einfach weiter, die Schlange wurde immer länger, der letzte Mann hinten am Strand bekam schon nasse Füße. Danach wusste Maria überhaupt nicht mehr, worüber sie geredet hatten, es war, als hätten ihre Gesichter ohne jede Sprache miteinander gesprochen, sie konnte sich nur an Geräusche und Lachen erinnern. Sie wanderte an der Ostsee entlang zum Campingplatz zurück, zutiefst verwirrt, zwei Eiswaffeln in den ausgestreckten Händen. Als sie bei Rasmus ankam, lief das Eis schon, er lächelte, na, das hat ja gedauert. Maria nickte, sie wollte nur noch weinen. Sie war bereit, sofort zum Eismann zurückzulaufen und mit ihrem Leben Tabula rasa zu machen. Eiströpfchen liefen Rasmus übers Kinn, Maria setzte sich auf eine Bank und aß ihr Eis in großen Bissen. Danach schickten sie Postkarten an ihre gemeinsamen Freunde und machten lachend Selfies. Ein paar Tage später fuhren sie nach Hause. Das ist jetzt elf Jahre her, Rasmus und Maria sind glücklich verheiratet und erwarten Zwillinge. Trotzdem taucht der Eismann immer wieder in Marias Gedanken auf. Nun soll es ja hier nicht um mich gehen und schon gar nicht um Maria, aber ich möchte dir gern begreiflich machen, jeder hat so einen

Eismann. Unerwartet kann er auftauchen, in den verschiedensten Erscheinungsformen. Plötzlich steht er da, verkleidet als melancholischer Arzt, der dir in den Hals schaut, oder als Sommervertretung beim Gemüsehändler. Was darf's sein, fragt er dich lächelnd, und du willst nur eine einzige Antwort geben: Alles. Lass mich deine schöne Seele sehen, schenk mir deine Dunkelheit. Du bist auf einer Insel gefangen, ringsum nichts als Wasser, du weißt, es handelt sich um eine Fata Morgana, um einen LSD-Trip, um einen unglaublich langen Joint. Trotzdem hast du das Gefühl, dir gleitet der Sommer durch die Finger, ein besonderes, magisches Eis, das niemals schmelzen sollte. Lieber Verzweifelter. Wir alle haben schon mal auf dem Heimweg nachts im Wind eine Telefonnummer verloren, wir alle haben schmerzhaft wie eine Ohrfeige das schlechte Timing verspürt. Manche von uns werden von Eismännern verfolgt, wir verstecken uns dann und warten, bis sie vorbeigezogen sind. Manchmal taucht die Liebe aus dem Nichts auf, das kann zwar unpraktisch sein, aber gefährlich ist es nicht. Im Gegensatz zum allgemein verbreiteten Glauben entstehen Situationen wie jetzt deine nicht durch Überdruss, sondern viel eher durch eine jubelnde Freude. Es ist Sommer, die Tage sind lang, die Nächte hell. Wir brauchen unsere Verliebtheit, und allermeist, wenn das Begehren mich wie ein Wolkenbruch trifft, wie ein geiler Wahnsinn, und ich egal wen lieben könnte, dann ist das ein verwirrter Ausdruck der Freude darüber, dass es die Welt gibt.

Herzlichen Gruß, der Kummerkasten

Auf der Rückfahrt vom Kaufmann regnet es Bindfäden. Ich sehe Emma am Straßenrand entlanggehen, sie trägt eine Art langen schwarzen Mantel, in der Hand hat sie drei Stücke Himbeerrolle. Ich blinke, fahre an den Straßenrand und mache die Tür auf. Nasse Himbeerrollen, das geht ja gar nicht, rufe ich. Sie setzt sich ins Auto und teilt mir sofort etwas mit. Sie hat das Gefühl, ich hätte ein Problem mit ihrer Persönlichkeit. Nein, sage ich, in meinem Herzen ist Platz für die unmöglichsten Kinder. Sie schaut mich aus ihren schwarz ummalten Augen an, sofort vermisse ich meine eigene Wut, die irgendwann durch eine verwirrte Irritation über weniger bedeutsame Dinge ersetzt worden ist. Emma, sage ich, auch wenn wir denselben Mann lieben, brauchen wir deswegen keine Todfeindinnen zu sein. Sie holt einen Kaugummi aus der Tasche und hält ihn mir hin. Würde dir guttun, sagt sie. Ich fahre auf den Parkplatz der Heimvolkshochschule und mache den Motor aus. Emma sagt, zwischen meinem Freund und ihr würde einfach eine ganz irre Chemie laufen. Das bezweifle ich nicht im Geringsten, sage ich, aber vergiss nicht, er wird dafür bezahlt, dass er Zeit mit dir verbringt. Emma fragt, ob wir eine monogame Beziehung führen, denn das findet sie ziemlich altmodisch, sie persönlich würde sich da ja eingesperrt fühlen. Willkommen in der Liebe, sage ich. Emma meint zu wissen, es gebe Beweise dafür, dass man als Individuum erstarrt, wenn man nicht mindestens alle fünf Jahre den Partner wechselt. Ich sage, ich finde Leute gut, die das Gegebene unerschrocken infrage stellen, ich weiß Ehrgeiz und Neugier zu schätzen. Aber erzähl mir bloß nicht, eine lebenslange Liebesbeziehung wäre nicht das Irrsinnigste und Radikalste, was ein Mensch versuchen kann. Es ist ein gewaltiges Experiment, wild und halsbrecherisch hoffnungsvoll. Du trittst gegen die Zeit an, sage ich, gegen unsichtbare, aber spürbare Veränderungen im Laufe der Jahre, gegen sich unerwartet wandelnde Prämissen. Es ist ein Balanceakt, ein Wunder, wenn zwei Menschen es schaffen, einander ein Leben lang zu lieben. Vielleicht ist es einfach nur ein bisschen fantasielos, sagt Emma. Vor dem Haupteingang raucht ein Grüppchen Schüler und schaut in den Regen. Wie läuft es mit Malte, frage ich. Immer noch in Mona verliebt, murmelt Emma. Wir sind alle in Mona verliebt, sage ich, das ist ein Velling-Virus. Es ist gut, wenn du kämpfst, aber versuch es doch mit einem Kampf, den du eventuell gewinnen könntest.

Sommerlied ohne Sonne

Mittsommerlied

Singbar auf die Melodie von:
Wildgänse rauschen durch die Nacht

Mucksmäuschenstill liege ich im Gras
Schmal ist der Pfad der Tugend
Irgendwo unter mir kitzelt mich was
Schnell ist vorbei die Jugend
Sommer schickt seine Soldaten zu mir
Die durch meinen Körper marschieren
Hungrig nehmen sie mich ins Visier
Wie Sünder, die kapitulieren
Die Augen des Fischadlers mustern mich scharf

Beträchtlich verächtlich, nackt
Die Lüge der hellen Nächte warf
Mein stolperndes Herz aus dem Takt
Wenn Amor Dart spielt, jedes Mal
Und es zur Zielscheibe macht
Wird es durchlöchert, keine Wahl
Und ich verliere die Schlacht

Die alten Flammen, ein Flächenbrand
Ein stummer letzter Abschied
Tausend Feuer am dänischen Strand
Erlöschen von selbst, wie's aussieht
In der traurigen Realität
Bleiben die Herzen, die drängen
Bei den Träumen, zu spät, zu spät
In hellen Nächten hängen

Auf dem Weg zum Kvickly fällt meinem Liebsten auf, dass sich der kleine rote Strich auf der Instrumententafel gegen null bewegt. Er schaut mich an. Sollten wir nicht lernen, besser aufzupassen, wann wir nachtanken müssen, sagt er. Er ist ein Versorgungsphobiker, sobald er an einer Tankstelle vorbeikommt, fährt er raus und tankt, begehrlich und voller Genugtuung. Da er der Tanker in unserer Beziehung ist, denke ich nie daran, irgendwas aufzufüllen, und wenn der Strich sich dem roten Feld nähert, denke ich immer, es wird schon noch gehen. Anfangs war das für mich als Einzelkind und überzeugte Individualistin nicht einfach. Ich bin zwar von Gemeinschaften auf perverse Weise fasziniert, musste aber erst mal lernen, ein Wir zu sein. Gleich vom frühesten Anfang unserer Beziehung an sagte mein Liebster Wir statt Du, und das verwirrte und provozierte mich zugleich. Sollten wir nicht versuchen, ein bisschen schneller aufzubrechen, fragte er, sollten wir mit dem Chili nicht sparsamer sein. Für einen argwöhnischen Menschen wie mich ist es schwer begreiflich, dass jemand keine verborgene Agenda haben soll, und lange hielt ich diese Formulierung für einen bewussten rhetorischen Kniff. In unserem ersten Sommer waren wir zu einer Hochzeit eingeladen. Den ganzen Vormittag über hatten wir meinem Vater dabei geholfen, sein Wohnzimmer zu streichen. Unsere feinen Sachen hatten wir in eine blaue Schultertasche gepackt, in der Absicht, nach dem Einchecken im Hotel noch schnell vor der Trauung zu duschen. Im Bus schwenkte ich fröhlich die Tasche. Wir sollten aufpassen, wegen dem Wein, sagte mein Freund ängstlich, aber freundlich. Ich schwenkte weiter, vielleicht etwas heftiger als davor. Fang auf, ich warf ihm die Tasche zu, als wir an einer menschenverlassenen Bushaltestelle irgendwo in der Provinz ausstiegen. Drei dem Brautpaar zugedachte Flaschen Rotwein ergossen sich über ein weißes Hemd, einen Anzug und ein helles Sommerkleid. Zum Hochzeitsfest kreuzten wir ohne Geschenke, dafür aber in fleckigen Malersachen auf, und es endete damit, dass die Brautmutter uns ins nächste Städtchen fuhr, wo wir uns in einem Woolworth schnell neu ausstatteten. Später, wir standen mit einem Willkommensdrink im Garten, hörte ich, wie mein Freund die Anekdote erzählte. So was von typisch für uns, lachte er, wer kommt schon auf die Idee, drei Weinflaschen in eine Stofftasche zu tun. Da ging mir auf, dass es verschlungene Wege aus der Einsamkeit gibt, und darum mache ich meine Stimme jetzt ein bisschen tiefer und ernst, denn ich weiß, das mag er. Ja, lass uns unbedingt besser darin werden, rechtzeitig zu tanken, sage ich.

Lieber Kummerkasten,

ich will dir nur erzählen, dass wir deine Antworten lieben, dein Kummerkasten ist in meinem Freundeskreis absolut Kult. Wir sind ein junges Paar, das nach vielen Hindernissen zueinandergefunden hat. Kennengelernt haben wir uns in einem mittelgroßen Provinzgymnasium, die eine als Teil des Lernkörpers, der andere als Teil des Lehrkörpers, was so einige Herausforderungen mit sich bringt, zum Beispiel im Unterricht starke Gefühle verbergen zu müssen. Es sind immer noch sechs Wochen bis zu den Abschlussprüfungen. Was sollen wir tun?

Herzlichen Gruß, ein heimliches Paar
PS Was du über Orgasmen schreibst, stimmt nicht.

Lieber Klassenlehrer, liebe Vanilla,

wer etwas geheim halten will, sollte vielleicht nicht unbedingt in einer Tageszeitung um Rat fragen. Aber vielen Dank für die Blumen, ich habe mir immer gewünscht, Kult zu sein. Einerseits freue ich mich, in eurer Liebesgeschichte eine Rolle zu spielen, aber um ehrlich zu sein, dass ihr meinen Rat nicht beherzigt, ist keine gute Reklame für meinen ansonsten ganz hervorragenden Kummerkasten. Aber nun gut. Es wäre von Vorteil, wenn die Schulleitung nichts von euch erführe, nicht alle würden mit so milden Augen auf euer Verhältnis schauen. Im Privatleben wohne ich auf dem Gelände einer Volkshochschule, und im Anstellungsvertrag steht schwarz auf weiß, dass sexuelle Beziehungen mit den Schülern verboten sind, es sei denn, es handelte sich um wahre Liebe. Diese Richtlinie könnte man geradezu als ein Porträt unserer Schulleiterin lesen mit ihren blauen Augen und ihrem Vertrauen, das eine Schule und überhaupt das ganze Land funktionieren lässt. Ich meine, dieser Regel sollte man an allen Ausbildungsstätten folgen. Lieber Klassenlehrer, liebe Vanilla. Da ihr aber nicht auf mich hören werdet, wünsche ich euch wenigstens Sex auf dem Lehrerpult und fantastische Noten. Irgendeinen Vorteil muss es ja haben. Freut euch auf die Ferien, genießt euer Drama und tanzt in euren Träumen mit mir.

Herzlichen Gruß, der Kummerkasten

Die Sonne scheint in die Küche von der Kita meines Sohnes, als ich hereinkomme. So, bald kaufen wir auch passende Mützen, sagt Maj-Britt. Sie bügelt Abzeichen auf einen Stapel kleiner grüner Kittel. Vor ein paar Tagen haben wir einen Zettel mit nach Hause bekommen, auf dem wir das gewünschte T-Shirt-Motiv ankreuzen sollten. Zur Wahl standen Abbildungen von verschiedenen Pflanzen und Tieren. Die Idee kommt von der Gemeinde, sagt Maj-Britt, das gehört zu einem Projekt namens Grüne Sprossen. Ich lächele, Maj-Britt verdreht die Augen. In solchen Momenten fühle ich, dass wir einander wirklich verstehen. Hier klafft jetzt nichts, was, frage ich. Das kann Maj-Britt garantieren, sie hat die Sachen schließlich selbst genäht. Bent steht in der Küche vor einem Topf mit geschmorten Fleischknochen, seinem Lieblingsgericht. Leider sind sie so umständlich zu essen. Bent fischt zwei kleine Knochen aus dem Topf, legt sie auf eine Untertasse und hält sie mir hin. Mein Sohn stellt sich hin, die Hände an meinen Knien, und schaut voller Interesse zu, wie ich die Zähne in das Fleisch schlage. Wie die meisten Leute esse ich genauso, wie ich Sex habe. In meinem Fall wild, hemmungslos, mit überschäumender Begeisterung, sage ich, als ich mir den Mund mit einem Stück Küchenkrepp abwische. Ich wünsche den beiden ein gutes Wochenende. Es ist Dienstag, sagt Maj-Britt aus den Tiefen des Kühlschranks. Du weißt schon, was ich meine, sage ich und setze meinem Sohn den Fahrradhelm auf. Vielleicht, sagt Maj-Britt.

Anders Agger und ich sitzen im Weinkeller vom Hotel Skjern und trinken Reste aus Weinflaschen, während Krisser benutzte Gläser abräumt und ein paar irische Fahnen aufrollt. Krisser baut sich vor uns auf, wollt ihr noch ein Nierchen für den Heimweg, fragt sie. Wir nehmen jeder eins, Anders Agger sagt, nichts geht über Innereien. Schenk mir deinen Überblick, sage ich zu ihm, mach ein Voiceover zu meinem Leben. Krisser macht ein Fenster auf und fragt, ob er nicht seine Fernsehstimme benutzen könnte. Immer wieder schreiben ihm Leute, die bald Polterabend haben oder ihren Freunden einen Streich spielen möchten. Sie schicken ihm selbst verfasste Manuskripte, Anders Agger liest sie ein und schickt eine Hördatei zurück. Er räuspert sich kurz und blickt mich konzentriert an. Was, sagt Anders Agger, ist die Zeit anderes als eine zufällig wechselnde Folge von Freude und Angst, mal schnurgerade Strecken auf der Landstraße, mal dichter Verkehr in Herning. Eines Morgens wirst du aufwachen, sagt Anders Agger, in die Fußgängerzone fahren und vor dem Italia perfekt parallel einparken. Und dich erfüllt der Sinn des Lebens ebenso plötzlich wie eine Liebe auf den ersten Blick einen eben noch menschenleeren Ort. Du lässt dich von einer neuen Generation überholen und begreifst: Wenn du ein Kind auf die Welt bringst, legst du das, was du liebst, der Wirklichkeit in die Hände. Du lebst mit der Verantwortung, dass deine hektischen Tage, deine Sorgen und Irrtümer alle zusammen die Kindheit eines anderen Menschen prägen werden. Es fühlt sich an, wie sich hinters Steuer zu setzen und die Tür zuzuwerfen. Man schnallt sich an, lässt den Motor an und hofft, dass alles gut gehen wird. Man achtet auf gefährliche Kreuzungen, Rollsplitt, glatte Fahrbahn, heftige Steigungen, Baustellen, auf plötzlich entstehende Staus und auf Wildwechsel in waldigen Gebieten. Du weißt, Kühe auf dem Eis und Kreisverkehre sonder Zahl, aber auch Parkplätze, die aus dem Nichts auftauchen. Räder auf den Straßen, Flügel im Wind, wie auf einem Punktbild bewegst du dich zwischen drei fixen Orten: Kfz, Kleinkind, Kummerkasten. Du musst lernen, den Verkehr zu lieben, das weißt du, sagt Anders Agger, diesen seltsamen Organismus, der auf einer Mischung aus Vertrauen und Argwohn beruht. Bebende, rasche Bewegungen tanzen über den Erdball, ein lebendes Etwas, das sich über Städte und Länder schlängelt. Du wirst die Schönheit der Systeme verstehen, die Symmetrie der Autobahnen, die chaotische Ordnung, die dadurch entsteht, dass alle, denen man begegnet, unterwegs sind. Bravo, sage ich. Anders Agger verbeugt sich.

Lieber Kummerkasten,

ich bin eine junge Frau und werde in diesem Sommer Mutter. Mein kleiner Sohn ist auf einem Balkon in Griechenland gezeugt worden, mit Blick auf das Meer und die Berge. Erst wollte ich ihn August nennen, wegen des errechneten Geburtstermins, aber jetzt habe ich erfahren, dass ein anderes Wort für Balkon, Altan, vom Standesamt als Name akzeptiert wird. Ich fände das ganz großartig, und es wäre auch eine lustige Geschichte, aber meine Eltern sind total dagegen, sie sagen, ich hätte wohl einen Sonnenstich.

Viele Grüße von einer, die mit Interrail unterwegs war

Lieber Sonnenstich,

jetzt muss ich doch mal ein bisschen von mir erzählen, denn ich weiß, wie schwer es ist, einen Namen zu finden. Bis wir einen Namen für meinen Sohn hatten, war er über eineinhalb Jahre alt, aber wie so manches wirkte diese Frage wichtiger, als sie eigentlich ist. Hinter jedem Führerschein steht ein Superheld, meiner heißt Parkplatzpeter. Er hat eine Katze namens Frodo, und da Parkplatzpeter und seine Familie direkt an der Landstraße wohnen, kommt es nicht so selten vor, dass Frodo überfahren wird. Dann kriegen sie eine neue Katze und nennen sie wieder Frodo, bis die dann an der Reihe ist. Mir gefällt das Unsentimentale an diesem Katzenwechsel, es ist, als ob eigentlich der Name das Haustier wäre, nicht die jeweilige Katze. Lieber Sonnenstich. Dein Kind sollte nicht Altan heißen. Nur weil etwas gesetzlich zugelassen ist, ist es noch lange keine gute Idee. Ich schlage vor, du nennst den Kleinen Peter.

Herzlichen Gruß, der Kummerkasten

Sebastian und ich sitzen in einer nachgebauten kleinen Lokomotive Thomas, jeder mit seinem Kind auf dem Schoß. Von der Hüpfburg dröhnt ein Höllenlärm herüber, ein kleines Mädchen schmeißt überdimensionierte Gummiinsekten von einem Kletterturm. Als ich ein Tablett mit Saftpäckchen und Pommes hole, kriege ich eine fette Vogelspinne in den Nacken. Mein Sohn und Freja stippen die Pommes tief in die Remoulade und werfen sie dann lachend nach Sebastian und mir. Sie führen sich auf wie zwei wilde Tiere. Als wir ihnen das Essen wegnehmen, fangen sie beide an zu schreien und machen dabei exakt abgestimmte Pausen zum Luftholen. Gibt es keine Beruhigungspillen für so was, frage ich. Sebastian nickt und holt eine Tüte gemischte Lakritze, dann platzieren wir die Kinder in der Kuschelecke. Sie hauen sich ein wenig mit *Grimms Märchen* auf den Kopf, wirken aber insgesamt besänftigt. Sebastian seufzt tief auf und gibt mir einen Kaffee. Früher konnte ich nicht begreifen, warum Eltern unablässig über ihre Kinder reden, mittlerweile ist mir aufgegangen, es hat nichts mit Liebe zu tun, sondern damit, dass wir alle unter Schock stehen. Man ist sprachlos angesichts der Machtübernahme, die man sich nicht vorstellen kann, bis man selbst zum Zeugen des eigenen Untergangs geworden ist. Sebastian ist wie eine Krücke, auf die ich mich hier im Spielpark Bork stütze, wir sind Freunde und Alliierte, wir sind die Sklaven der Kinder, wir wünschen uns eine Gewerkschaft. Jetzt gibt es lautes Geheul, denn mein Sohn und Freja wollen sich dieselbe Prinzessinnenkrone aufsetzen. Sebastian klatscht in die Hände und fragt, ob jemand das Märchen von Rotkäppchen und dem bösen Dolph hören will, und schon kommen sie gekrabbelt, immer noch tobsüchtig, aber auch voller Neugier. Haben wir uns wirklich so ein Leben gewünscht, frage ich Sebastian. Ob du's glaubst oder nicht, sagt er, ja.

Als ich mir die Gummistiefel von den Füßen trete, frage ich Maj-Britt, ob sie ihre Topfpflanzen abstaubt. Sie wischt die Blätter behutsam mit einem ausgewrungenen Lappen ab, das tut sie jeden Mittwoch. Kommt das auch von der Gemeinde, frage ich und ziehe mir die Jacke aus. Nein, das kommt von mir, Maj-Britt stellt mir einen Teller mit Muffins hin. Ich habe so meine Probleme damit, mich zu beherrschen, sage ich zwischen zwei Stück davon. Ich hab noch genug, sie deutet zum Küchentisch, wo drei gleich lange Reihen Muffins stehen. Es klopft, Nors Mutter kommt mit ihren vier Kindern herein. Maj-Britt hält ihnen das Tablett mit den Muffins hin, deren Konsistenz Nors Mutter in den höchsten Tönen lobt. Als das Älteste sich noch eins nehmen will, sagt sie Nein. Ich blicke auf die vier zusammengeknüllten Papiermanschetten auf meinem Teller. Das ist nur, weil ich gerade meine Tage habe, sage ich. Das kennt Nors Mutter selbst auch, da hat man die ganze Zeit irgendwie Hunger, sagt sie. Ich erzähle, wenn ich zu meinem Freund sage, dass ich Hunger habe, gibt er mir eine Möhre. Eine Möhre, wiederhole ich mit Blick auf Maj-Britt, die mir Saft nachschenkt. Mohrrüben sind gut für die Verdauung, sagt Nors Mutter. Was soll mir die Verdauung, sage ich, ich verdaue nicht, ich blute. Ich will Chips oder Schokolade, Fritten mit Mayo, Schaumküsse und Himbeerschnitten, Weißbrot mit dick Butter drauf und Sauce béarnaise. Eine Möhre, sage ich, das ist doch Irrsinn. Nors Mutters Kinder sind ganz meiner Meinung. Wenn mein Freund in der Notapotheke arbeiten würde und ein Junkie würde ihm eine Schrotflinte vor die Stirn halten, er würde ihm freundlich und bestimmt eine Schachtel Paracetamol geben, sonst nichts. Aber nicht mehr als sechs am Tag, würde mein Freund sagen, und vergiss nicht, ein großes Glas Wasser dazu zu trinken. Ist doch gut, dass dein Mann auf dich achtet, sagt Nors Mutter. Die sind nicht verheiratet, sagt Maj-

Britt. Alle Liebenden lassen sich in zwei Gruppen einteilen, sage ich, diejenigen, die andere retten, und diejenigen, die gerettet werden müssen. Das klingt vielleicht etwas schematisch, aber so ist die Welt in Wirklichkeit eingerichtet. Nors Mutter findet, da könnte was dran sein. Ich habe noch nie versucht, wen zu retten, sage ich, und das hat glücklicherweise dazu geführt, dass ich mein gesamtes Liebesleben lang mit anständigen und vergleichsweise harmonischen Menschen zu tun hatte. Von der Sorte, die an der Supermarktkasse den Strichcode nach oben drehen und die kleine grüne Kugeln in die Bäume hängen, für die Vögel. Yin und Yang, sagt Maj-Britt, sie macht sich daran, einen Stapel Stoffwindeln zusammenzulegen. Und dennoch, ich wedele mit dem ausgestreckten Zeigefinger, man darf nicht vergessen, es gibt ihnen einen Kick. Ohne Katastrophen sind Superhelden überflüssig, jeder Türsteher braucht eine Diskothek, was wäre ein Arzt ohne Leute, die er aufschneiden kann. Von außen betrachtet, wirke ich vielleicht wie die weniger Vernünftige von uns beiden, sage ich, aber es ist alles eine Frage der Haltung. Wenn ich meinen Freund verlassen würde, hätte er sein Bett nach kaum drei Tagen in eine dunkle Höhle verwandelt, er würde rauchend dasitzen und rote Würstchen essen, er würde verzweifelt versuchen, die neueste Version von *Civilization* aufzutreiben. Sein soziales Leben würde jäh enden, und er würde sich zum Embryo zusammenrollen, als ob das der einzige Ausweg wäre, und auf zwanghafte, wehmütige Weise Pornos schauen. Er würde Gummibärchen essen, erst die roten, dann die grünen, dann die gelben, bis er den Kaufmann anrufen und Nachschub bestellen müsste. Ein Tag würde vergehen wie der andere, bis er eines Morgens den Kies in der Einfahrt hören würde, weil eine psychisch labile Frau angeradelt kommt. Dann würde er die Ohren spitzen, etwas in ihm würde erwachen, er würde das angenehme Gefühl verspüren, dass etwas nach ihm rufe, und aus genau diesem Grund würde er reagieren. Erleichtert würde er aufstehen, den Staubsauger ergreifen oder sogar unter die Dusche gehen. Wenn er dann diesem zitternden Nervenbündel die Tür öffnete, wäre er fürsorglich, aber auch dankbar. Und grotesk, sage ich, wenn genau diese Frau eines Tages mit einem gebratenen Hotdog ankommt, dann sagt er, dass er aber gerade für ein Gemüsegericht aus Kohl und Dörrpflaumen eingekauft hat. Würde sie eine winzige Tüte Gummibärchen aufreißen, würde er sagen, gleich ist Essenszeit, wenn du Hunger hast, nimm eine Möhre. Man muss sich in der Mitte treffen, sagt Maj-Britt, aber ich sage, ich sitze lieber in meiner Ecke des Boxrings. Was ist ein Kompromiss anderes als zwei Menschen, die jeder auf seine Weise unzufrieden sind, was ist der Tod, sage ich, wenn nicht ein nie versiegender Strom von Hochzeitseinladungen. Bent sagt, man muss sich einfach nur einen aus Westjütland suchen. Da weiß man, was man hat, sage ich, begleitet von Maj-Britts Nicken.

Lieber Kummerkasten,

wir sind ein Paar Anfang dreißig, wir kennen uns seit der Universität. Uns kommt es vor, als würden wir immer weiter von unseren alten Studienfreunden wegrutschen, keine Ahnung, warum. Die meisten von uns haben in den letzten Jahren Kinder bekommen, so auch wir, und obwohl es unsere Freundschaften stärken müsste, dass wir in derselben Lebenssituation sind, ist das ganz und gar nicht der Fall. Alle wollen immer nur zeigen, wie gut es ihnen geht, auch wenn man nur zu deutlich sieht, dass nicht alles Gold ist, was glänzt. Sollen wir unsere Instagram-Profile löschen, glaubst du, das würde unsere Freundschaften auf eine ehrlichere Basis stellen?

Viele Grüße, zwei Freunde

Liebe Freunde,

ich gebe als Allererste zu, dass mein Alter etwas Unschönes in mir hochkommen lässt, aber ich sehe es auch als Generationenproblem. Wir sind Opfer des freudlosen Rausches der Dreißiger, wir sind wie ein aufgewühltes Meer, Wellen, die blind der Strömung folgen. Ich hasse diese selbstgerechten Kleinfamilien, die überall wie Unkraut aus dem Boden schießen, diesen automatischen Jubel, diesen Triumph, der wie Laserstrahlen aus den Kinderwagen gen Himmel schießt. Das grässliche Holzspielzeug, den selbst gemachten Brokkolibrei, die Lieder, die wir singen. Ich hasse den verzweifelten Ernst in unseren Versuchen, alles richtig zu machen, was wir zum ersten Mal in unserem Leben tun. Gespielt haben wir das alles seit dem Kindergarten, und jetzt wiederholen wir es, mit der trotzigen Unschuld des Kindes und der erwachsenen Angst vor dem Scheitern. Wir beäugen einander, vergleichen uns unablässig, checken Arbeitsverhältnisse, Staatsfinanzen und das allgemeine Glücksniveau der Bevölkerung. Mit ungefähr sieben Monaten hatte mein Sohn eine Phase, in der er mich nicht aus den Augen lassen wollte, aus heiterem Himmel. Kennt ihr das, fragten mein Freund und ich ein befreundetes Paar. Nein, kannten sie nicht, sie hatten immer großen Wert darauf gelegt, dass das Kind mit beiden Elternteilen gleich eng verbunden war. Von Anfang an hatten sie ein großes Tamtam darum gemacht, dass die Mutter nicht die wichtigste Bezugsperson sein sollte, vielleicht lag es daran. Wie soll das gehen, dachte ich, wenn die Kinder achtzig Prozent ihrer Kindheit in Tagesstätten verbringen. Wir haben Glück, unsere Arbeit ist flexibel, sagte mein Freund, und wir brüsteten uns damit, wie früh unser Sohn zur Kita abgeholt wurde. Lange Vormittage, sagte ich, sind uns enorm wichtig. Ich weiß nicht mal, ob ich das wirklich denke, ich hatte immer große Probleme damit, mich zum Rausgehen aufzuraffen, ich weiß nur, dass ich glücklich sein wollte, und zwar glücklicher als die anderen. Die Tochter unserer Freunde schniefte ein bisschen. Sie hatte einen sehr schwierigen Start in der Kinderkrippe, sie war fast einen Monat lang unablässig krank, eine Infektion jagte die andere in beeindruckendem Tempo durch ihren kleinen Körper. Ist das nicht irre, sagte mein Freund, unser Sohn ist nie krank. Toi, toi, toi, sagte ich, und wir lächelten einander an. Keine Ahnung warum, aber wir sind aberwitzig stolz auf die Gesundheit unseres Sohnes. Stundenlang können wir darüber reden, wenn uns niemand unterbricht. Wahrscheinlich, weil wir uns nicht so hysterisch mit Dreck anstellen, sagen wir, nicht immer im Chor, aber zumindest nacheinander. Worauf die Anekdoten folgen, wie unser Sohn im Garten sitzt und Sand und Blätter frisst, und dass wir Bakterien ganz natürlich finden, und wie goldrichtig das sei, könne man ja sehen. Niemals krank, immer rote Wangen. Er ist ja auch ein zertifiziertes Naturkind, lachen wir beide schrill. Das Zusammensein mit unseren Freunden ist demütigend. Wir sind einander die besten Feinde geworden, ein Spiegel, in dem ich meine Frisur checke, sie sitzt immer ganz fürchterlich. Wenn unsere Lebensentscheidungen nicht vollkommen identisch sind, fühlen wir uns wie Angeklagte, am Essenstisch sitzt immer auch ein Gespenst aus Arroganz und Verunsicherung. Früher mal waren meine Freunde ein Raum, in den ich hineingehen und aus Herzenslust schreien konnte, jetzt imitieren wir Vertrautheit wie hirntote Papageien. Am Wochenende war ich bei meinem alten Deutschlehrer zum Abendessen eingeladen, es war sein fünfundvierzigster Geburtstag, und plötzlich erfüllte mich Hoffnung. Seid ihr nicht geschieden, fragten die Gäste, das solltet ihr bald mal nachholen. Ihre Augen strahlten, sie konnten nachts durchschlafen, sie hatten sich von ihren Träumen getrennt. Ihre Nestbauversuche hatten nicht weitergeführt als bis zu einem Schuppen im Garten, das hatte etwas Erotisches an sich. Liebe Freunde. Die einzigen Leute in den Dreißigern,

die sich mit ihren Freunden wohlfühlen, gibt es in Fernseh-
serien, wir anderen müssen uns irgendwie durchschlagen, bis
wir uns in den Vierzigern wiederbegegnen. Wir sehen uns auf
der anderen Seite.

Herzlichen Gruß, der Kummerkasten

In der Schule herrscht eine kollektive rituelle Depression, denn die Schülerinnen und Schüler müssen bald abreisen. Sie hätten es wissen können, es ist jedes Jahr dasselbe, sagt Sebastian, aber seine Frau ist immer wieder am Boden zerstört. In der Morgendämmerung hat der Keramikkurs sie abgeholt, die jungen Leute standen mit rot geschwollenen Augen vor ihrer Tür und wirkten ganz traumatisiert. Dann gingen sie dicht gedrängt zu einem Windrad runter, um ihren Namen darauf zu schreiben, aneinandergeklammert betrachteten sie den Sonnenaufgang. Beide Kinder wachten auf, schon hatte Sebastian den Salat, und das zwei Stunden, bevor Krippe und Kita aufmachten. Am meisten erboste ihn aber die tränenerstickte Version von *Jeden Morgen geht die Sonne auf*, die man bis hoch zu ihnen in der Küche hören konnte. Jetzt sind wir beim Schuljahresabschlussfest in der Schule, und zwar mit Anhang, das hat die Schulleiterin unmissverständlich klargemacht. Ihr seid auch ein Teil von der Erzählung der Schule, schrieb sie in die Einladung für die Partner der Lehrer. Wir sind in Hochstimmung, aber auch betrübt, denn der Abschied naht. Ein langer Schlaks läuft heulend in einem hellen roten Plüschkostüm mit Kaninchenohren herum, drei Lehrer gleichzeitig wollen ihn umarmen. Sebastian schaut mich an und erhebt seine Bierflasche. Während des Abendessens wird eine Nummer nach der anderen aufgeführt, die Festrede kann ich nicht hören, weil alle entweder zu laut lachen oder schluchzen. Ihr habt Eindrücke erhalten und Abdrücke hinterlassen, schluchzt die Keramiklehrerin, sie erzählt, dass sie noch nie einen Jahrgang hatte, in dem so wenig Teile vom Rakubrand missglückt sind. Und nirgends festgetrockneter Ton am Werkzeug oder dreckige Drehscheiben, ihr habt wirklich Verantwortung übernommen, sagt sie, dann bricht ihre Stimme. Die Ökolehrerin hält eine Ansprache an die Erdkugel. Wir sind du und du bist wir, sagt sie.

Wir ritzen unseren Namen in die Rinde der Bäume, aber eines Tages ritzen die Bäume zurück. Spätabends ist Preisverleihung. Mein Liebster gewinnt den goldenen Schwanz als *sexiest* Lehrer der Schule. Mit rotem Kopf nimmt er ihn aus den Händen von drei Schreibkurs-Schülerinnen in durchsichtigen Kleidchen entgegen und schaut dabei zu Boden. Ich klettere auf einen Stuhl und wedele mit den Händen. Und ich, kriege ich jetzt die goldene Möse, rufe ich, die müsste man bekommen, wenn man ein Kind zur Welt gebracht hat. Die Schulleiterin sagt, so was könnte man tatsächlich einführen, sie freut sich immer über neuen Input. Mein Liebster setzt sich mit dem goldenen Schwanz wieder hin, die Schulleiterin schenkt mir Rotwein nach. Emma und Malte ersteigen die Bühne und erklären mich zum Orakel des Jahres. Sie lesen am Mikrofon kurze Passagen aus meinen Kummerkastenartikeln vor, dazu läuft auf der großen Leinwand ein Clip mit meinen verschiedenen Einparkversuchen vor der Schule. Sie rufen mich auf die Bühne hoch, ich bekomme eine Wahrsagekugel aus Pappmaschee. Ich stelle das Mikrofon ein und sage, wenn eure Hirnlappen in ein paar Jahren zusammenwachsen, werdet ihr allmählich verstehen, worum es bei dem großen Ganzen geht. Ihr denkt, Jungsein ist eine Charaktereigenschaft, rufe ich. Ihr wandert durch eure Träume mit einem Ernst, als wären sie die reine Wirklichkeit. Euch kann die Zeit nichts anhaben, sie liegt vor euch wie eine unendliche Ebene, auf der ihr gegen Windmühlen kämpft. Ihr lebt nicht nur im Jetzt, ihr seid das Jetzt, und dafür lieben wir euch. Ihr lockt uns mit eurer glatten Haut und euren klaren Augen, wir aber wissen etwas, das wir euch verheimlichen. Eines Tages wird eure Haut lose von den Knochen hängen, Falten werden eure Gesichter zeichnen, und euer Haar wird sich lichten. Liebe junge Leute, sage ich. Älter zu werden, ist unerfreulich, aber das Leben wird auch ungefährlicher. Man lässt sich immer schwerer vom Kurs abbringen und überlässt anderen mit einem matten Winken die Bühne. Die Wachheit lässt nach, die Poren werden größer, der Körper macht es sich in weichen Falten gemütlich, nicht nur, weil er aufgibt, sondern auch, weil er Frieden findet. Bravo, ruft die Schulleiterin, die Leute fangen an zu klatschen. Die Tanzfläche füllt sich, aus den Lautsprechern er-tönen lang gezogene, vibrierende Klänge von Sebastians Keramik-schüsselchen. Unser Sohn ist auf zwei zusammengestellten Stüh-len eingeschlafen, vorsichtig heben wir ihn in den Kinderwagen. Früh in der Sommerdämmerung hören wir die Krähen unten am Fjord rufen, wir bewegen uns auf das kleine rote Häuschen zu. Als der erste Zug unter der Brücke durchfährt, wiehern Nach-bars Pferde, und hier sind wir, wir gehen nach Hause, mitten durch all das Waagerechte, während Velling allmählich erwacht.

Im Land der kurzen Sätze
Hymne
Singbar auf die Melodie von: *Atemlos durch die Nacht*
(Komp.: Kristina Bach)

Liebes Flachland, wilder Westen
Sattele mein Ross
Reite gegen Windmühlen, der
Ritter ohne Schloss
Wie Liebe geht
Eine Sprache, die aus Erde, Wasser, Wind besteht

Und der Weg ist ewig weit
Voller Gräben, tief und breit
Wer zu viel verspricht, schafft Leid
Wer hat dafür Zeit?

[Refrain]
Und der Wind saust in uns
Ungebremst, keine Kunst
Wenn die andern achtzig fahr'n
Fahr'n wir neunzig, kein Schmarrn

Kehr'n die Krähen zurück
Sehen sie ganz verzückt
Wilde Bäume am Fjord
Bau'n ihr Nest gleich dort
Liebe Jugend, hör gut zu
Was ich hier sing
Irgendwann, da findet ihr noch euer Ding

Traut der Liebe und dem Fjord
Der müde ist
Dass er unsre Tränen sammelt
Wie ihr wisst

Jedes Hi versteckt ein Goodbye
Das singt seine eigne Melodei
Zeigt uns damit zweifelsfrei
Jetzt ist es vorbei

[Refrain]
Auf der Memory Lane
Werden wir immer geh'n
Andern Freunde sein
Weit ins Blaue hinein

Ihr habt längst mitgekriegt
Wie der Fischadler fliegt
Wir sind Vögel im Zug
Finden niemals genug

Wir sind Laub im Wind
Und des Zufalls Kind
Bis wir uns wiederseh'n
Und im selben Wind steh'n

Hinweise des Übersetzers

Die nicht staatliche dänische Institution Heimvolkshochschule, die *Folkehøjskole*, geht auf die Volksbildungsbemühungen des 19. Jahrhunderts, auf die Philosophie der Aufklärung und protestantische Grundlagen zurück. Begründer war der vielseitige Theologe und Philosoph, Pädagoge und Politiker Nikolai F. S. Grundtvig (1783–1872), der auch als Schriftsteller und Dichter hervortrat. In der *Folkehøjskole* verfolgt man eine Pädagogik der Gemeinschaftlichkeit, des Unterrichtsgesprächs und des gemeinsamen Suchens.

Die »Hochschule Westjütland«, *Vestjyllands Højskole* in Velling, also das reale Vorbild für die Heimvolkshochschule in diesem Roman, bietet Jahreskurse und ein- oder zweiwöchige Aufenthalte vor allem mit kreativen und künstlerischen, aber auch ökologischen Inhalten an. Sie wird wie ihre Schwesterinstitutionen vor allem von jungen Leuten zwischen Abitur und Studienbeginn besucht, die sich ein Jahr zur persönlichen und fachlichen Orientierung leisten (der Besuch ist kostenpflichtig). Die Webseite der Schule ist teilweise englischsprachig, dort kann man sich einen Eindruck verschaffen, wovon die Autorin sich hat inspirieren lassen.

Der auf Seite 182 erwähnte Bunker ist Teil der sich über fast 2700 Kilometer erstreckenden, Atlantikwall genannten militärischen Anlage, die während des Zweiten Weltkriegs von den deutschen Besatzern an den Küsten der europäischen Länder errichtet wurde. Die Bunker bei Ringkøbing und Søndervig an den Stränden des Romanschauplatzes gehören zu den bekanntesten in Dänemark.

Das Liederbuch für die Heimvolkshochschulen, das *Højskolesangbog*, hat eine lange, in die Gründungszeit dieser Institution Mitte des 19. Jahrhunderts zurückreichende Geschichte. Es spiegelt in seinen vielen, immer wieder neu überarbeiteten Auflagen das rege dänische gemeinsame Singen und dessen inhaltlichen

Horizont. Enthalten ist die gesamte Breite vom Kirchenlied über Arbeiterlieder und Volkslieder bis hin zu Schlagern und Werken von Singer-Songwritern mit aktuellem Zeitbezug. Die jüngste Ausgabe von 2020 enthält 601 Lieder, darunter eines mit dem Titel *Ramadan in Kopenhagen* und ein Jahreszeiten- und Liebeslied, dessen Text von der dänischen EU-Kommissarin Margrethe Vestager stammt (mit Musik von ihrem Bruder, der Lehrer ist – an einer *Folkehøjskole* …).

Die traditionellen Stücke aus dem Liederbuch gelten als Bestandteil des dänischen Kulturerbes und werden häufig bei Familienfesten und anderen geselligen Anlässen gesungen. Stine Pilgaard gibt in *Meter pro Sekunde* mehreren von ihnen einen neuen, teilweise frechen Text mit Bezügen auf die Romanhandlung.

Ein ähnliches Liederbuch gibt es in Deutschland nicht, schon gar keines, dessen Lieder so bekannt wären, wie es die von der Autorin gecoverten Stücke in Dänemark sind. Unterstützt von dem renommierten Literaturübersetzer Frank Heibert, mit dem ich praktischerweise verheiratet bin, habe ich möglichst bekannte Stücke und Lieder ausgesucht, die den von Stine Pilgaard benutzten irgendwie nahekommen. Auf diese Weise steht hier *Guten Abend, gute Nacht* in Nachbarschaft mit der *Internationalen* und mit *Atemlos durch die Nacht* …

Nach meiner wörtlichen Übersetzung von Stine Pilgaards Liedtexten hat Frank neue Texte gedichtet, die inhaltlich die dänischen des Romans abbilden, teilweise dazu noch Ähnlichkeiten zu den bekannten deutschen Texten aufweisen und auf die angegebenen Melodien singbar sind. Viel Vergnügen damit!

Hinrich Schmidt-Henkel

Stine Pilgaard
Meine Mutter sagt

Roman
Aus dem Dänischen
von Hinrich Schmidt-Henkel
192 Seiten
gebunden mit Schutzumschlag
ISBN 978-3-98568-031-3
Auch als E-Book und Hörbuch,
gelesen von Caroline Peters,
erhältlich

Das sprühende Debüt der erfolgreichsten dänischen Schriftstellerin unserer Tage

Nachdem die Ich-Erzählerin von ihrer langjährigen Freundin verlassen wird, muss sie zurück zu ihrem Vater ziehen, einem Pfarrer und Pink-Floyd-Fan. Während sie auf ebenso komische wie verzweifelte Art versucht, ihre Ex zurückzugewinnen, wird sie von Freunden und Familie mit Ratschlägen traktiert. Vor allem ihre Mutter bedrängt sie mit zweifelhaften Lebensweisheiten. Doch allmählich lernt sie, zu trauern, ihre inneren Widersprüche zu akzeptieren, laut, betrunken und auf ihre eigene Art weise zu sein.

»Ausgesprochen amüsant. Pilgaards Humor bewirkt, dass sich aus der ernsten Verzweiflung der Heldin komische Situationen en masse ergeben.«
Peter Urban-Halle, FAZ

kanon verlag

kanon colours

Bov Bjerg
Deadline
Roman · 174 Seiten
ISBN 978-3-98568-079-5

•

Sophia Fritz
Steine schmeißen
Roman · 222 Seiten
ISBN 978-3-98568-080-1

•

Domenico Müllensiefen
Aus unseren Feuern
Roman · 336 Seiten
ISBN 978-3-98568-081-8

•

Katharina Volckmer
Der Termin
Roman · 128 Seiten
ISBN 978-3-98568-078-8

www.kanon-verlag.de